삼수동 도서관

삼수동 도서관

초판 1쇄 인쇄_ 2020년 02월 15일 **| 초판 1쇄 발행**_ 2020년 02월 20일
지은이_김서하, 김현경, 구예린, 이효림
펴낸이_진성옥 외 1인 **| 펴낸곳**_ 꿈과희망
디자인 • 편집_박경주
주소_서울시 용산구 한강대로 76길 11−12 5층 501호
전화_02)2681−2832 **| 팩스**_02)943−0935 **| 출판등록**_제2016−000036호
E−mail_ jinsungok@empal.com
ISBN_979−11−6186−063−3 43810
※ 책 값은 뒤표지에 있습니다.
※ 새론북스는 도서출판 꿈과희망의 계열사입니다.
ⓒPrinted in Korea. **|** ※ 잘못된 책은 바꾸어 드립니다.

삼수동 도서관

김서하 김현경 구예린 이효림 지음

꿈과희망

삽수동에 들어서며

꿈을 향한다는 것은 매우 어려운 일이다. 꿈이라는 최종적인 목표를 위해서는 작은 발걸음들이 되어 줄 목표들이 필요하고, 목표를 세우기 위해서는 그를 이룰 방법과 계획이 필요하다. 그리고 많은 노력과 오랜 시간이 이를 뒷받침한다.

삶에는 많은 길이 있다. 처한 상황과 환경에 따라 주어진 길이 다를 것이고, 원하는 꿈에 따라, 그 과정에 자리하는 목표에 따라 걸어 나갈 길도 다를 것이다.

이 책을 쓴 우리는 분명한 꿈을 갖고 있기도, 여러 갈림길 중 가장 옳은 길을 고르는 중이기도, 잠시 자리에 앉아 목표를 구상하고 있기도 한다. 이 책을 읽으려 하는 당신은, 무엇을 하고 있는가?

삶의 끝은 분명히 존재한다. 그 끝이 어디에 있는지 아무도 알 수 없지만 그를 향해 가는 길이 멀어도, 짧아도 삶에 있어서 행복하고 벅찬 감정에 뛰어나갈 수 있는 그런 길이었으면 한다.

당신이 그런 꿈을 가질 수 있도록, 또는 당신이 올바른 길을 찾을 수 있도록 당신이 행복한 삶을 찾을 수 있도록. 우리는 이 책의 여러 이야기들을 통해서 당신에게 작은 도움을 주려고 한다.

　삼수동(三水洞). 세 개의 강이 흐르고, 두 동네로 이루어져 있으며 산이 자리하는 평범한 도시 외곽의 동네이다. 어딘가 존재할 것만 같은 이 평범한 동네에서 우리는 다양한 이야기를 담고 싶었기에 특별한 이야기를 전할 장소로 도서관을 골랐다. 우리는 여러 사람들이 거쳐 가는 이곳을 중심으로 평범하지만 특별한 이야기를 당신에게 전해 보려 한다.

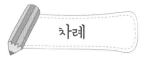
차례

고오름 이야기

세상에서 가장 아름다운

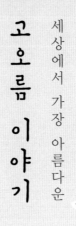

김서하

"과거는 다 아름답습니다. 아름다워야 과거이지요.
당신의 과거가 아름답지 않은 이유는
당신의 과거는 아직 현재에 머물러 있기 때문입니다."

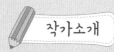 작가소개

　　내일 죽어도 내 인생에 한 점 후회가 없기를 바라며 욜로 라이프로 살고 있는 평범한 예비 고교생이 처음으로 키보드를 두들겨 쓰게 된 스무 장의 사람 사는 이야기입니다. 작가 본인은 아직 인생의 단맛만 느껴보았고 가끔 어른들이 한 모금 마셔보라며 주는 술은 쓰기만 합니다. 하지만 이런 나도 언젠가는 술이 달고 인생은 쓰다는 현실을 느낄 것이라는 생각이 두렵고 기대되는 평범한 중3입니다.

또각 또각 또각. 열람실로 한 여자가 들어온다. 깔끔한 긴 생머리에 무릎까지 오는 검은 드레스는 그녀를 이 열람실에서 특별한 사람으로 만들기에 차고 넘쳤다. 그녀의 붉은 하이힐에서 울리는 구두 소리만이 조용한 도서관 열람실을 울린다. 삼수동 도서관. 순박하고 편안하며, 꿈이 집결된 장소. 누군가는 꿈을 이루기 위해, 누군가는 인생을 배우기 위해, 또 어떤 누군가는 무언가를 찾기 위해 오는 곳이다.

그녀는 검은 고양이처럼 열람실을 쓱 둘러본다. 동네에 있는 도서관이기에 그녀처럼 화려한 옷은 보기 힘든 까닭일지 아니면 그녀에게서 풍기는 분위기가 어디인지 모르게 기묘해서인지 그것도 아니라면 이 쌀쌀한 날씨에 겉옷 하나 걸치지 않기 때문인지 늦은 나이에 한글을 배우는 할머니, 어린 남자아이와 아이의 어머니, 시험 공부하러 온 교복 차림의 중학생, 뒤늦게 사회복지 공무원 시험을 준비하는 아주머니, 퇴직 후 노후 준비를 위해 부동산 중개사 시험을 준비하는 아저씨 같은 순박하고도 평범한 꿈을 안고 살아가는 그들의 눈이 일

제히 그녀를 향한다. 조용한 동네 도서관 열람실에 나타난 화려하고 특별하며 이상한 이방인의 존재는 그들의 경계심을 사기에 충분했다.

❖ ❖ ❖

첫눈에 보아도 특별한 그녀의 직업은 삼수동 출신 작가이다. 출신지가 뭐가 그렇게 중요한지 삼수동에서는 매년 이맘때쯤이면 삼수동 출신 작가들을 불러 강연회를 열고는 하였다. 낸 책이 한 권뿐인데다 올드한 디자인과 굵은 두께 때문이었을지 이도 아니라면 난해한 내용 때문일지 그녀의 책을 읽어 주는 사람은 손에 꼽을 정도이다. 보통 사람들은 그녀가 작가라는 것도, 그녀가 낸 책이 있다는 사실도 모르는 것이 대부분이었다. 그녀의 패션은 항상 많은 사람의 이목을 집중시켰다. 하지만 그녀는 신경조차 쓰지 않고 자신의 길을 가는 뚝심을 가지고 있다. 그녀가 눈에 띄는 옷을 좋아하는 데에는 특별한 이유가 없다. 그저 그녀의 취향일 뿐이다. 그녀는 자신을 이상하게 보는 시선을 무시할 자신이 있었다. 그래서 그녀는 시시한 갈색 문들 사이에 눈부신 하얀 문 같은 특별한 존재를 기꺼이 자처한다.

여러 시선을 무시한 채 서가 중 하나로 빠르게 걸어 들어간 다음, 마치 이 책의 존재와 자리를 이미 알고 있었다는 듯 거침없이 책을 뽑아 든다. 누군가의 피 같은 붉은 표지가 인상적인 두꺼운 가죽 재질의 책은 먼지가 수북한 것으로 보아 아무래도 오랫동안 자신의 자리를 지켜온 듯하다. 그녀는 먼지가 수북한 책의 표지를 가만히 쓰다듬으며 책을 편다.

❖ ❖ ❖

'어서 오세요. 당신의 영원한 달 토끼 상점입니다. 당신은 무엇이 간절하셨기에 이곳을 찾으셨나요? 저희 가게의 문은 항상 열려 있으니 오며 가며 자주 들러 주세요. 당신의 수많은 기억 중에 아주 작은 한 조각이 되어 드리죠. 값은 당신의 행복으로 받겠습니다.'

나는 머리카락을 끊었다. 우중충한 회색빛 화장실 바닥에 널브러진 날카로운 거울 조각은 볏단같이 푸석하고 기름기 없는 나의 긴 머리를 끊어내기에 충분했다. 하지만 그것의 예리한 단면도 엄마와 나의 사이를, 몇 없는 엄마와의 눈부시게 빛나는 추억을 끊어내기엔 턱없이 부족했다.

"엄마는 내 긴 머리 좋아했는데……."

엄마는 내 머리를 좋아했다. 자는 내 머리를 버릇처럼 만지작거렸고, 자던 내가 짜증을 내면 눈을 흘기며 어린아이처럼 웃어 넘겼다. 머리 감기가 힘들다는 이유로 내가 몇 번이나 머리를 자르겠다고 선언했지만 엄마의 만류 끝에 자르지 않고 지금껏 길러 온 것이다. 긴 머리는 엄마와의 추억을 끌어들여 내 발목을 잡아 걸고넘어졌다. 그래서 잘랐다. 엄마가 좋아했던 것들을 하나하나 나에게서 없앤다면 나도 엄마로부터 자유로워질 수 있지 않을까.

하지만 이제 아무도 없다. 현실적인 내가 처음부터 현실에만 산 것이냐고 물어본다면 나의 대답은 '아니다'이다. 나도 꿈속에 살던 시절이 있었다. 집이 있었고 내가 공주님이었으며, 산타도 존재했다. 나도 처음부터 이렇게 차게 식은 표정으로 다닌 것은 아니었다.

"산타는 없다."

나의 꿈속 집은 넓은 방에 햇살이 잘 드는 거실이 있었고, 부엌은 깔끔했으며, 냉장고는 항상 채워져 있었다. 화목한 가족이 있었고 웃음이 넘쳤다. 다른 사람들에겐 그렇게 어렵지 않은 꿈이었을 것이다. 너무 당연한 것이었을지 모르겠다. 내가 원한 것은 대궐 같은 집도, 운전기사도, 가정부도 아닌 그저 단란한 가족과 20평대의 평범한 집일 뿐이었다. 그렇게 소박한 인생, 그것이 나의 꿈이었다. 하지만 현실은 극단적으로 잔인했다. 재개발 지역에 위치한 우리 집은 어린 내가 가지고 있던 집에 대한 환상을 충족시키기엔 턱도 없이 부족했다. 귀신이라도 나올 것 같은 빈집이 즐비해 밤만 되면 산에서 고라니가 내려왔다. 늦은 밤 짐승 우는 소리를 들으며 가로등 불빛 하나 없는 길을 걸어 집으로 올 때면 항상 두려웠다. 구불구불한 좁은 골목길을 빠른 걸음으로 지나, 몇 없는 불 켜진 집들 중 칠이 벗겨진 파란 대문이 인상적인 집. 내가 태어나고 자란 나의 작은 고향이었다.

발암물질이 나온다는 석면으로 된 지붕을 가진 파란 대문 집은 여름이면 비가 새, 고무 바가지를 받쳐야 했고, 두 시간마다 바가지의 물이 넘치지 않도록 비워, 주어야 했다. 집이 좁아 엄마와 난 꼭 붙어서 자야 했으며 가끔 자다가 머리가 축축해 일어나 보면 빗물이 내 머리맡에 웅덩이를 만들어 놓은 적도 있을 만큼 지붕은 지붕의 역할을 못하고 있었다. 회색 벽은 무너지지 않는 것이 신기할 정도로 금이 가지 않은 곳이 없었다. 가끔 쥐가 지붕을 뛰어다니는 소리가 들리기도 하였다. 여름엔 덥고 겨울엔 추운 그 집에 살면서 항상 좁다 툴툴거린 기억만 있는데 사람 한 명 없다고 이렇게 썰렁해질 수 있는지 의문이다.

　며칠 전까지만 해도 따뜻한 온기가 감돌던 방은 이제 싸늘한 적막만이 자리를 지킬 뿐이었다. 푹신한 단발에 달고나같이 둥근 눈매 그리고 무심하게 툭툭 던지던 엄마의 잔소리. 눈물 나게 그립고 보고 싶은 것들을 다시는 볼 수도 들을 수도 없다는 사실에 우울해졌다. 며칠 전 벗어 놓은 교복이 그대로 현관문 앞에 똬리를 틀고 있었다. 평소 같으면 엄마는 득달같이 달려와 네가 뱀이냐며 잔소리를 1절부터 4절까지 늘어 놓았을 것이다. 잔소리의 빈자리가 크게 다가왔다. 그렇게 듣기 싫어하던 그 소리를 그리워할 줄 누가 알겠는가.

　내 생일엔 선물과 함께 엄마가 있었다. 다섯 살 생일에는 유원지에서 빨간색 풍선, 열 살 생일엔 회전목마 오르골. 항상 특별한 생일선물을 주던 엄마는 이번 열네 번째 생일선물로 엄마의 장례식장에 초대해 내 머리에 죽음을 상징하는 하얀 리본을 달아 주었다. 정말 마지막까지 특별하기도 하다.

　'평범한 거 싫어하는 우리 엄마답네.'

　여느 때처럼 들어간 병실엔 비누 냄새도 어릴 적부터 킁킁대던 엄마 냄새도 아닌 죽음의 냄새가 가득했다. 퀴퀴하고 끈질기고 불쾌한 동시에 편안해지는 그런 기묘하고 소름 돋는 냄새였다. 엄마가 앙상하게 마른 손으로 내 손을 놓았을 때가 생각난다. 끝까지 내 손을 잡고 있으려던 엄마의 마지막 모습을 생생히 기억한다.

'나 이제 고아인 건가?'

미성년자인 난 이제 어떻게 살아가야 할지가 가장 큰 걱정이었다. 잘하는 것이라고는 없다. 그나마 찾으라면 글을 좀 쓰는 것 같기는 하다. 그래서 어쩌란 말인가. 작가를 하라고? 아니 그럴 수 없다. 또래들보다 일찍이 현실을 자각해 버린 난 창의력이라고는 죽었다 깨어나도 없다. 창의력이 없다면 신기한 경험이라도 해 봐야 했는데 불우한 가정환경 탓에 그것도 불가능하다. 물론 내 인생이 기구하다지만 누가 불우한 어린 학생의 인생 한풀이를 들어 주겠는가. 그럼 내가 엄청난 문장력의 소유자인가? 그것도 아니다. 그저 문장을 길게 늘여 쓰는 것을 잘할 뿐, 스토리 구성력도 책 속 이야기의 주인이 되어 이야기를 주체적으로 이끌어 갈 힘도 없다.

너무 비관적이고 자존감이 형편없이 낮다 생각하는가? 아니, 그렇지 않다. 방금도 말하지 않았는가. 난 그저 현실을 빨리 알았을 뿐이라고. 이 문장을 읽으며 그런 생각을 하는 당신들이 현실을 모르는 것은 아닐까 자기성찰을 해 보길 바란다. 나의 이런 충고를 기분 나쁘게 받아들이진 말았으면 할 뿐이다. 그저 인생을 조금 더 빨리 깨달은 애늙은이의 조언일 뿐이니 말이다. 이런 논리적이고 현실적인 이유로 내가 글 쓰는 것으로 먹고살기는 틀렸으니 보호자에게 가야 할 텐데 유일한 보호자인 엄마마저 없으니 내 인생은 답이 없다. 나는 오늘 보호자가 없는 열네 살 여자애가 얼마나 무력한지를 뼈저리게 느꼈다.

❖ ❖ ❖

아빠는 어디 있을까. 살아 있기는 한 것인지, 살아 있다면 어디서 사는지 전화번호도 모르고 엄마랑 왜 헤어졌는지도 모른다. 그냥 다 모른다. 엄마는 절대 아빠를 입에 올리지 않았다. 혹시 어쩔 수 없다면 '그 사람'이라고 불렀다. 그게 아빠의 호칭이었다. 내가 무슨 홍길동도 아니고, 아버지를 아버지라 부르지 못하는 이 심정을 어찌 헤아림 받을 수 있을 것인가. 다들 홍길동을 겨우 호부호형을 못했다는 그런 하찮은 이유로 가출했다고 생각할지 모르겠다만, 난 이해할 수 있다. 그래서 엄마가 없는 지금 난 내가 이 세상에 존재한 지 14년 만에 처음으로 아빠라는 금기의 호칭을 입에 마음껏 입에 올릴 수 있는 것이다.

그 사람에 대해 아는 건 두 가지뿐이다. 엄마의 유품을 정리하다 나온 낡은 결혼사진으로 알 수 있는, 지금은 어떻게 바뀌었을지 모르는 얼굴과 내 기억 속에 모습. 내 빛바랜 오랜 기억 속엔 아직 남아 있다. 다섯 살 무렵 엄마 아빠랑 함께 다녀온 유원지. 얼굴은 기억이 잘 나지 않지만 다정하게 손을 잡고 비행기를 태워 주고, 내가 무거운 줄도 모르고 목말을 태워 주던 아저씨가 분명 아빠일 것이다. 그때 내 손에는 빨간 풍선이 들려 있었다. 유원지는 아름다운 나의 성 같았고, 그날의 풍경은 동화 같았다. 엄마는 정말 왕비같이 아름답고 아빠는 임금님같이 든든했다. 하늘거리는 노란 원피스의 끝을 잡고 나풀나풀 걸을 때 난 마치 공주님이 된 듯했는데 그건 어린 날의 착각이었다.

"산타 할아버지는 크리스마스이브 밤이면 루돌프와 같이 와서 착한 아이에게 선물을 준단다."

지금의 나라면 이와 같은 헛소리라 생각하며 질색하겠지만, 유원지에서의 추억만 떠올리면 나는 한없이 약해진다. 백설 공주도, 인어공주도, 신데렐라도, 콩쥐팥쥐도 그 유원지에서 나와 함께 살았을 것만 같다.

"그래서 주인공은 행복하게 살았답니다."

동화는 이렇게 행복으로 끝나는 것인데 왜 내가 사는 세상의 동화는 착한 왕비님이 죽고 멋진 임금님은 자취를 감추겠는가? 그 사랑스러운 공주님은 왜 버려져야 하는가? 잔혹동화다. 차갑게 언 마음을 비집고 올라오던 행복한 추억이라는 새싹을 말끔히 짓밟은 후에 두 무릎을 껴안고 두 눈에 초점을 맞출 필요조차 못 느낀 채 허공을 가만히 응시했다.

내게 꿈과 추억은 사치일 수도 있다. 당장 먹을 음식조차 없는 내게 무슨 행복이란 말인가. 엄마가 죽은 이 순간에 내 앞길만 걱정하는 나 자신이 끔찍했다. 내가 이 정도밖에 안 되는 인간인가 생각했지만 이미 하루를 꼬박 슬퍼하며 운 까닭이었는지 더 슬퍼할 힘도 없었고, 눈물은 메말라 나오지도 않았다. 울고 싶을 때 마음껏 울지도 못하는 내가 더 증오스러워진다. 가난하게 태어나 가난하게 살았다면 죽을 때도 가난하게 가야 한다니. 적어도 그렇게 비참하게 살고 싶지는 않았다. 행복해지고 싶다. 미칠 듯이 행복해지고 싶다. 내 인생에 더 이상 행복이란 감정이 남아 있지 않다면, 만약 그렇다면, 아주 잠깐이라도 좋으니 행복했던 유원지의 그날로 돌아가기를 원했다.

❖ ❖ ❖

난 달렸다. 달리고 또 달렸다. 달리다 보니 어느새 내 손에 빨간 풍선이 들려 있었다. 발이 까지고 피가 나고 아무렇게나 잘린 머리가 삐뚤빼뚤하지만 신경 쓰지 않았다. 추운 겨울바람에 발이 얼고 머리가 나부꼈다. 언제나 두려웠던 재개발 골목의 어둠을 지나, 내 꿈을 그대로 실현 해주는 아파트 단지를 지나, 세상 걱정 하나도 없어 보이는 어린애들이 다니는 초등학교를 지나고 다리를 건넜다. 한참을 발이 이끄는 대로 달린 끝에 9년 전 나의 행복이 담긴 유원지에 도착했다. 9년이나 지나 버렸으니 예전의 모습과 많이 다를 것을 알면서도 난 일말의 희망을 품은 채 고개를 들었다.

유원지는 조용하고 사람의 흔적이라고는 없었다. 때가 끼고 이끼가 덮인 회전목마는 도시 괴담에나 나올 것 같이 으스스했고, 롤러코스터는 녹이 쓸어 끼익거렸으며, 버려진 풍선 손수레는 알록달록했던 예전의 모습을 비웃기라도 하는 듯 색이 다 벗겨져 볼품없는 모습을 하고 있었다. 하지만 나는 그 낡은 모습마저 아름답게 보려 노력하고 있었다. 그래, 인정할 것은 인정하고 넘어가는 것이 좋겠다. 어쩌면 나의 하나뿐인 추억을 망치고 싶지 않았기에 필사적으로 그렇게 보고 있었는지도 모른다. 하지만 낡아 버려서 더는 화려함이라고는 찾아볼 수 없는 모습이 그리 절망적이진 않았다. 정말이다. 추억이 살아 있다면 아무래도 상관없다. 누가 뭐래도 나의 기억은 진짜일 것이다. 나의 기억 속에 살아 있는 아빠가 맞을 것이다. 아빠는 한때라 해도 날 사랑했던 적이 분명히 있을 것이다. 이 추억을 증거라고 할 수 있을 것이다. 난 그리 감정적인 사람이 아님에도 눈물이 내 볼을 메웠다. 그날 난 한참을 버려진 유원지에서 붉은 풍선을 들고 서 있었다.

집에 가는 길에도 계속 정신을 유원지에 두고 걸었다. 헝클어진 머리와 피가 난 발은 아플 법도 했지만, 아픈 줄도 모르고 넋이 나간 채로 걸었다. 걷고 또 걷다 보니 다시 다리를 건너고, 초등학교를 지나고, 한 번 더 아파트 단지를 스쳤다. 이번엔 재개발 지역이 나올 차례인데 이상하게도 재개발 지역은 나오지 않았다. 어두웠기에 착각하는 것이라 생각해 계속 걸어 더 깊숙이 들어갔지만, 파란 대문 집은 나오지 않았다. 찾을 수 없었다. 나는 계속 깊은 곳으로, 더 깊은 곳으로 홀린 듯 걸어 들어갔다. 붉은 풍선을 왼손에 든 채로, 발에 유리 조각이 박혔는지 붉은색의 발자국을 남기며 걷는 내 모습은 꼭 그림처럼 아름다웠다. 가로등 밑에 멈춰서 뒤로 돌아 내가 걸어온 길을 보았다. 가로등 불빛 끝에 걸린 내 그림자는 핏빛이었다. 핏빛 그림자가 백설 공주가 먹은 마녀의 사과처럼 빛났다.

멈춘 상태로 주변을 쓱 돌아보니 온통 갈색이다. 나무 문, 나무 창문, 나무 지붕, 나무 담장, 나무 기둥까지. 그제야 여기는 나의 파란 대문 집이 아니며 재개발 단지의 두려운 골목도 아니란 것을 깨달았다. 여긴 온통 나무뿐이라 불나면 잘도 타겠다고 생각한다. 누가 나무는 갈색뿐이라 했던가. 인기척 없는 갈색 세상에 하얀색이 들어왔다. 낯선 이방인의 존재는 그것들의 경계심을 사기에 충분했다. 하얀 색깔 때문인지 기묘한 분위기 때문인지 그것들의 이목을 집중시킨다. 하얀 문은 많은 종류의 갈색을 무시한 채 그 자리를 지킨다.

나는 갈색 문들 사이에서 빛을 내는 특별한 하얀 문을 보았다. 하얀 문에서 나오는 빛은 밝았다. 너무나 밝아서 내 피부가 다 타 버릴 것만 같았다. 하얀 문은 다른 갈색 문들에 비해 별다른 특이사항은 없었다. 다른 점이라면 빛나는 하얀색이라는 것, 그리고 문에 토끼 모양이 새겨져 있다는 것 외에는 별거 없었다. 내가 다가가자 문은 마치 새로운 주인을 반기는 듯하며 스르륵 열렸다. 엄마가 죽은 지금, 날 반기는 곳은 세상 어디에도 없었기에 나는 잠시나마 기분 좋게 문을 열고 들어갔다. 내가 들어가는 순간 무표정했던 토끼의 얼굴이 웃는 표정으로 바뀐 것은 아무도 모르는 비밀이다. 토끼에게 표정이 있다는 것도 좀 웃기긴 하지만 말이다.

하얀 바닥에 붉은색의 발자국이 찍혔다. 핏빛 발자국이 찍힌 하얀 바닥이 어쩐지 눈에 흩뿌려진 붉은 피같이 보인다. 문을 열고 들어가 보니 특별한 문과 대비되는 평범한 가게였다. 아니, 평범한 가게라고 생각했다. 중앙에 기다란 카운터가 있고, 카운터 위에는 주인을 부를 때 쓰는 듯, 똑같은 과일 다섯 개가 되면 종을 치는 게임에서 쓸 것같이 생긴 종과 붉게 잘 익은 커다란 사과가 오랫동안 그 자리에 있던 것처럼 먼지가 뽀얗게 내려앉은 채로 탐스럽게 놓여 있었다. 먼지가 얇게 내려앉아 있었지만, 사과의 탐스러움은 바라지 않았다. 카운터 한편에는 읽다가 만 듯한 책이 두 권 놓여 있었다. 한 권의 푸른 책은 백설 공주, 붉은 표지의 두꺼운 다른 한 권은 성경이었다. 이상하게도 성경에 아담과 이브 페이지에만 책갈피가 있었다. 인류의 시조인 아담과 이브가 사탄의 유혹에 넘어가 사과를 먹음으로써 원죄를 짓게 된다는 이야기를 아는 내가 거기 있는 사과를 먹기엔 찝찝해 왔지만, 파란 대문 집 냉장고가 텅텅 비어 있었기에 제대로 된 식사는 꿈도 못 꾸고 배고픔도 모르게 종일 울어서 그런지 이제야 배가 극심하게 고파왔다.

고파서 아프기까지 한 배를 붙잡고 사과를 집어 티셔츠에 닦았다. 사과가 뽀득뽀득 소리를 내며 닦였다. 붉게 윤기가 나기 시작했다. 엄마는 내게 아무리 가난해도 남의 물건에 손대는 것은 안 되는 일이라 가르쳤기에 양심이 아파졌다. 하지만 이것은 물건이 아니라 과일이고 나는 지금 너무 배가 고프지 않은가? 하며 마음 한구석의 찝찝함을 모른척했다. 만약 엄마가 보았으면 진작 내 등짝을 후려쳤을 것이다. 처음엔 물론 허락을 맡고 먹으려 종을 울렸었다. 하지만 주인이 자리를 비웠는지 사람은 나오지 않았다. 배가 얼마나 고팠는지 말도 못하는 사과가 자신의 맛이 기가 막힌다며 한번 먹어보지 않겠냐고 유혹하는 것 같았다. 둘이 먹다 하나가 죽어도 모를 거라나. 사과의 유혹이라니 이렇게 신박할 수 있는가. 나는 점점 내 목을 옭아매는 배고픔과 유혹을 참지 못하고 딱 한 입만 먹어 볼 요량으로 사과를 크게 한 입 베어 물었다. 하지만 내 이성을 너무 과대평가한 것이다. 사과 한 입을 목구멍으로 넘기는 순간 이성은 집어던지고 게걸스럽게 사과를 먹어치우기 시작했다.

설마 이런 가게를 가진 사람이 가난한 아이에게 사과 하나 못줄 정도로 야박하진 않을 것이다. 사과는 참 맛있었다. 아삭아삭한 식감은 흠잡을 곳이 없었고, 과즙은 달달했다. 배가 고파서 그렇게 느낀 것인지는 잘 모르겠지만 완벽한 사과였다. 대체 어느 농원에서 이렇게 완벽한 사과를 생산하는지는 잘 몰라도 얼굴도 모르는 농원 주인이 존경스러워지기까지 한다. 종을 울려도 나오지 않는 주인이 오기엔 시간이 꽤 오래 걸릴 것 같았기에 종을 한 번 더 울린 후 사과를 한두 입 더 먹어치우며 가게를 둘러보기로 결정했다. 이미 사과를 한 입만 먹겠다는 다짐은 버린 지 오래이다.

가게는 책꽂이가 즐비한 책방과 같은 평범한 가게였다. 책장에 꽂힌 책 중간중간에 회전목마 오르골이나 화려한 쪽가위, 또는 장난감 자동차 등 낡은 물건이 있는 것을 보면 그 물건들은 이 가게 주인의 소중한 물건일 것이리라. 사과를 다 먹을 때쯤 책 사이에 있던 오르골이 울리기 시작했다. 회전목마 오르골은 자신이 말이라는 것도 잊은 채 개처럼 도둑이라도 들어온 듯 쉬지 않고 울기 시작했다. 그 때문에 사과를 훔쳐 먹은 난 오르골이 도둑을 아는 것은 말도 안 되는 일이라 생각했지만 조금씩 불안해지기 시작했다. 오르골은 아름다운 음색을 가지고 있었지만, 어딘지 모르게 주변을 오싹하고 슬프게 만드는 힘도 가지고 있었다. 나는 오싹하면서 슬픈, 그다지 좋다고 말할 수 없는 기분에 급히 오르골을 끄기 위해 손을 뻗었지만, 오르골은 내 노력이 무색하게도 멈춰지지 않았다.

멈춰지지 않는 오르골이 마치 엄마가 내게 생일선물로 준 오르골과 참 비슷하게 생겼다는 것을 느꼈다. 하얀 말들이 둥그렇게 즐비해 있고, 회전목마의 청록색 지붕을 가졌으며, 회전목마를 지탱하는 기둥 중 하나의 기둥에 유리가 떨어져 나간 흔적을 가진 나의 회전목마. 나는 떨리는 손으로 기둥을 살폈다. 찬찬히 유리의 떨어진 부분을 찾던 난 이내 손을 멈추었다. 오싹하고 슬픈 소리를 내는 이 가게의 회전목마 오르골은 나의 것이었다.

그것을 깨달은 순간 오르골은 소리내기를 멈추었다. 그렇다. 어쩌면 이 오르골은 가게주인에게 도둑을 알리기 위해 노래한 것이 아니라 나에게 자신의 존재를 알리기 위해 노래한 것일 수도 있다. 소름 끼치는 적막이 날 덮쳤다. 손에 힘이 풀리며 다 먹은 사과의 꼭지가 떨어졌다. 나는 오르골을 집어 들고 다시 태엽을 감아 그 노래를 틀었다. 그리고 카운터로 가 종을 울렸다. 미친 듯이 눌렀다.

맑은 종소리가 고즈넉한 가게를 시끄럽게 울렸다. 이러는 것이 실례인 줄 알면서도 설명이 필요했다. 왜 집에 있어야 할 오르골이 여기에 있는 것인가. 상식적으로 오르골이 걸어서 이곳으로 들어올 일은 없다. 그럼 내가 가지고 오지 않은 이상 누군가가 가져다 여기 두어야 여기 있는 것이 가능할 것이다. 하지만 나는 한번도 오르골을 가지고 집 밖으로 나간 적 없다. 그렇다면 마지막 하나의 가능성은 누군가가 나의 파란 대문 집에 들어와서 오르골을 훔친 다음, 여기에 팔아야 한다. 그래, 그것이 제일 가능성 있다. 치안이 안 좋은 재개발 단지라면 빈집털이범이 있을 수 있다. 그렇다면 빈집털이범은 잠긴 대문을 열 수 있다는 뜻이 된다. 만약 내가 있을 때 털이범이 온다면? 어른 하나 없이 어린 여자애 혼자 있는 집에 들어갔는데 그 아이가 유일한 목격자라면? 그렇다면 범인은 어떻게든 목격자인 날 제거하려 들 것이다. 나는 주인을 불러 누가 오르골을 팔았는지 알아보려 했다.

내 생명과 직결된 일일 수 있었기에 마음이 급해졌다. 극심한 공포가 밀려온다. 나의 손이 종을 누르고 그에 따라 왼손에 묶인 붉은 풍선이 하늘에서 춤을 추는 듯했다. 스물다섯 번 정도 미친 듯이 종을 울린 끝에 카운터 뒤쪽에 문에서 인기척이 들리더니 누군가가 문을 열고 나왔다. 시내에서 전단지 나눠주는 사람들이 쓰는 탈처럼 생겨먹은 토끼 탈을 쓰고 토끼 옷을 입은 장신의 핑크색 토끼가 뒤에서 수줍게 걸어 나오며

"어서 오세요. 당신의 영원한 달 토끼 상점입니다. 당신은 무엇이 간절하셨기에 이곳을 찾으셨나요? 저희 가게의 문은 항상 열려 있으니 오며 가며 자주 들러 주세요. 당신의 수많은 기억 중에 아주 작은 한 조각이 되어 드리죠. 값은 당신의 행복으로 받겠습니다."

라며 태평한 첫인사를 하는 것을 보고 나는 내 회전목마 오르골이 처음 보는 가게에 있다는 것에 대한 심각성조차 잊은 채 헛웃음을 지어 버리고 말았다.

여기 있는 오르골 때문에 지금 극심한 공포로 제정신이 아닌데 그 가게의 주인이 이리 태평하다니. 누군들 범죄와 직결되어 있을 가능성이 있는 신비하고 무서운 가게의 주인이 하찮은 토끼 탈이라고 할 수 있겠는가. 난 저 주인의 취향이 참 특이하다고 생각하며 토끼 탈의 얼굴을 보려 노력했지만, 주인의 패션에선 죽어도 자신의 얼굴과 성별, 표정을 숨기겠다는 강력한 의지를 표명하고 있었다. 왜 그렇

게 자신을 숨기려 안달인지 모르겠다. 또 첫인사는 왜 저렇게 긴 것인지 참 쓸모없다. 난 토끼 탈의 모습에 기가 찼지만 그 문제보단 아무래도 도둑 문제가 더 중요할 듯했기에, 주인의 첫인사는 깔끔하게 무시하고 오르골의 출처를 묻기 시작했다. 하지만 주인은 귀신이라도 씌었는지 계속 같은 첫인사만 반복할 뿐이었다.

"이 오르골 어디서 났어요?"

"어서 오세요. 당신의 영원한 달 토끼 상점입니다. 당신은 무엇이 간절하셨기에 이곳을 찾으셨나요? 저희 가게의 문은 항상 열려 있으니 오며 가며 자주 들러 주세요. 당신의 수많은 기억 중에 아주 작은 한 조각이 되어 드리죠. 값은 당신의 행복으로 받겠습니다."

"아니 이 오르골 이거 제거든요. 제가 생일선물로 받은 건데 어디서 난 거냐고요. 누가 팔았어요?"

"어서 오세요. 당신의 영원한 달 토끼 상점입니다. 당신은 무엇이 간절하셨기에 이곳을 찾으셨나요? 저희 가게의 문은 항상 열려 있으니 오며 가며 자주 들러 주세요. 당신의 수많은 기억 중에 아주 작은 한 조각이 되어 드리죠. 값은 당신의 행복으로 받겠습니다."

"대답해요! 대답. 안 하면 그쪽이 훔친 것이라 알고 신고할게요. 쇠고랑 차고 싶어요?"

"어서 오세요. 당신의 영원한 달 토끼 상점입니다. 당신은 무엇이 간절하셨기에 이곳을 찾으셨나요? 저희 가게의 문은 항상 열려 있으니 오며 가며 자주 들러 주세요. 당신의 수많은 기억 중에 아주 작은 한 조각이 되어 드리죠. 값은 당신의 행복으로 받겠습니다."

이런 대화가 몇 번 반복되니 나의 인내심은 바닥을 드러내기 시작했고, 점점 화가 나기 시작했다. 화도 내 보고, 짜증도 내고, 욕도 해 보았지만 가게 주인은 토씨 하나 틀리지 않고 똑같이 반복했다. 달라지는 것은 없었다. 사람을 놀리는 것도 아니고 계속 대답으로 돌아오는 똑같은 말에 지치기도 했다. 난 포기하고 계속 뫼비우스의 띠처럼 이어지는 첫인사를 끊기 위해 대답부터 해 주기로 했다. 역시 주인도 대답을 먼저 원한 것인지, 첫인사를 그만두었다. 그리고 나의 질문에 대답해 주려는 듯 토끼 탈에 달린 얇은 천 속 숨겨진 입을 열었다.

"저희 달 토끼 상점은 훔치지 않습니다. 당신의 신변에 또한 문제가 없을 것입니다."

훔친 것이 아니라는 대답이 어이가 없어 웃음밖에 나오지 않았다. 그럼 설마 회전목마 오르골이 직접 데굴데굴 재개발 지역의 파란 지붕 집에서 가게까지 굴러오기라도 한 것이란 말인가? 호박도 아니고 오르골이 구른다는 말은 들어본 적 없다. 정말 굴러왔더라도 어떻게 오르막길을 오를 수 있겠는가. 그럼 이게 대체 왜 여기 있는 것이냐고 설명해 보라는 나의 말에 저 빌어먹을 토끼 탈은 아직은 당신이 알 수 없다는 이상한 소리만 할 뿐이다. 원래 내 것인 물건을 나는 아직 알 수 없다니 대체 그것은 어디서 나온 논리인지 잘 모르겠다. 그래도 내 신변에 위험은 없다니 빠르게도 뛰던 심상이 바로 고요해진다.

주인은 카운터를 빙 돌아서 어기적어기적 가게로 나왔다. 난 가게 주인을 따라갔다. 토끼 옷에 달린 엄청 큰 신발이 툭 튀어나온다.

주인이 한 걸음을 걸을 때마다 축 처진 꼬리가 달랑거린다. 이상하게
도 저 발걸음에 시선이 집중되는 건 절대로 핑크색의 둥글고 큰 발
이 귀여워서가 아니다. 절대로 내 시선이 저 토끼 탈의 꼬리에서 떠
나가지 않는 것은 절대 하얀색의 축 처진 꼬리가 귀여워서가 아니다.
웃지 않으려 애쓰며 따라가는 내 입꼬리는 이미 하늘 높이 올라갔고
내 광대는 이미 자신을 용이라 착각하고 여의주 물고 승천한 듯했다.

'내가 겨우 이런 취향이었던가…….'

겨우 토끼 탈을 보고 좋아하는 내가 하찮았다. 그 순간 토끼 탈을
쓴 가게 주인이 갑자기 돌아보았고, 안타깝게도 토끼 탈은 내가 토끼
꼬리를 보며 입꼬리가 올라간 것을 봐 버리고 말았다. 절망적이지만
현실이다. 그대로 고개를 든 나는 가게 주인과 눈이 마주쳤고, 주인
은 날 이상하고도 안타깝게 쳐다보며 입을 열었다.

"이런 취향이셨습니까? 신고는 당신이 아니라 제가 해야 할 것
같은데요."

내 얼굴은 불타는 고구마처럼 붉어졌고, 정말이지 어디론가 숨을
수 있다면 숨고 싶었다. 아무래도 이 오르골 문제는 덮어야 할 것 같
다고 나의 귀신 같은 직감이 강하게 신호를 보내고 있었다. 내 얼굴
을 신경도 안 쓰고 가게로 계속 들어가던 토끼 탈의 발에 얼마 전 회
전목마 오르골 때문에 놀라서 떨어트린 사과 꼭지가 툭 건드려졌다.

'망했다.'

아까 오르골 때문에 너무나도 놀라 사과 꼭지를 떨어트린 순간
내가 이 가게의 사과를 훔쳐 먹었다는 사실은 망각의 강 너머로 사
라진 지 오래였다. 그래, 쉽게 말해 아주 완전히 까먹었다는 말이다.

그런 주제에 오르골이 어디서 났냐고 추궁하다니 나 자신이 너무나도 한심해지는 순간이다

토끼 탈은 절대 날 용서하지 않을 것이다. 토끼 탈이 고개를 숙여 사과 꼭지의 존재를 확인하고는 허리를 굽혀 털 달린 손에 엄지와 검지로 새침하게 사과 꼭지를 집어 올린다. 그는 내게 저 탁자 위의 사과가 맞느냐고 재차 확인했다. 내가 그렇다며 사과를 함부로 먹어서 미안하다고 사과하니 토끼 탈은 왜 기분이 좋은 건지 콧노래까지 흥얼거리며 흥겹게 발걸음을 옮긴다. 리듬을 타며 걷는 탓에 꼬리는 더 신나게 흔들렸다.

토끼 탈은 신나게 앞서가다가, 내 몰골이 말이 아닌 것을 깨달음과 동시에 멈칫했다. 처음부터 내 발은 피범벅이었고, 신발은 없었으며 내 머리는 들쭉날쭉 이상했는데 이제 알아챈 것을 보면 정말 주의력이 부족하거나 아니면 탈 머리 부분에 눈이 제대로 뚫려 있지 않아서 잘 안 보이는 까닭일 것이다. 내 발을 보고 왜 이렇게 된 것이냐며 물으며 가게 한편에 서 있던 대걸레를 집어서 나의 피로 만들어진 발자국을 쓱쓱 싹싹 지우기 시작했다. 저 토끼 탈은 내게 예의상으로 왜 다쳤느냐는 질문을 던지고는 별로 대답을 들을 생각이 없어 보였다. 하지만 난 누구라도 내가 왜 다쳤는지 알아주길 바랐다. 나는 토끼 탈을 붙잡고 내가 왜 다쳤는지 설명하기 시작했다.

"엄마가 죽었어요. 아빠도 없는데. 근데 갑자기 가족여행이랍시고 오래전에 갔던 유원지가 너무 좋았던 기억이 났어요. 그때로 돌아가고 싶어서 달렸는데 달리다 보니 길도 잃고 여기 와 있네요."

토끼 탈은 혼자 청승 떠는 날 한번 보고는 별일을 다 본다는 듯

이 고개를 돌리고 다시 열심히 바닥을 닦았다. 토끼 탈은 아무 말도 하지 않았지만 그게 위로가 된 것 같았다. 다시 가게 바닥이 하얗게 돌아오고 있었다. 그러고는 책을 대충 쌓아 의자 정도의 높이로 만든 후 날 앉히고 다시 카운터 뒤쪽 자신이 나온 곳으로 들어가더니 약통을 가지고 나와, 내 발에 박힌 유리 조각을 빼내고 빨간약을 상처에 들이부었다. 전설의 빨간약의 위력은 대단했다. 상처가 타들어가는 것처럼 아파서 살려달라며 소리를 지르지 않을 수가 없었다.

"살려 주세요! 제가 다 잘못했으니까 살려 주세……. 윽!"

원래 솜에 묻혀서 톡톡 두드리는 걸 한 번에 상처에 부었으니 정말 잠깐 먼저 하늘로 간 엄마를 보고 온 듯했다. 나는 엄청 순수해 보이는 토끼 탈을 째려보았다. 멍청해서 그런 건지 아니면 알고도 일부러 이런 건지 살짝 헷갈리기 시작했다. 하지만 설마 토끼털로 중무장을 하고 있다 하더라도 다쳐본 적 한 번 없겠는가? 역시 복수의 가능성이 다분하다.

토끼 탈은 자신이 들고 있는 모든 것을 귀엽게 보이는 능력이라도 가지고 있는 것인지 귀엽게 붕대를 꺼낸 다음 내 발에 감아 주었다. 토끼 손 장갑을 끼고 있어서 그랬는지 손이 매우 둔했지만 엄마를 제외하고는 내게 이렇게 해 준 사람이 처음이기도 하고 쩔쩔매는 게 귀엽기도 해서 그냥 조용히 보고 있었다. 사실 아까 내 발에 소독약을 들이부어서 한 대 때릴까 진심으로 고민 중이었는데 역시 귀여우니 다 괜찮은 듯하다.

가게 주인은 또 어설프게 어찌어찌해서 가위를 가져왔는데, 아까 본 화려한 쪽가위였다. 그 쪽가위로 내가 유리 조각으로 어설프게 자른 머리를 정리해 주려는 듯했는데, 정말 잘하는 게 없어서 이 가게 주인이나 된 것인지, 이것도 못했다. 못하는 것을 찾는 것보다는 잘하는 것 찾는 것이 빠를 듯하다. 유심히 지켜보니 아무래도 청소는 참 잘하는 것 같았다. 아마 가게 주인은 깔끔한 성격이리라. 내 머리를 자르고 칼같이 바로 나의 머리카락을 빗자루로 쓸어 담아 쓰레기통에 버리는 것도, 빗자루로 쓸 때 선보이는 손목 스냅의 칼 같은 각도도 정말 대단했다. 오랜 기간 다져온 빗자루의 기술이랄까. 대걸레를 다루는 것도 참 수준급이었는데 그것은 마치 대걸레와 함께 춤추는 것 같았다.

동물 탈을 쓰고 가게 주인이 일하는데 내가 가만히 있으니 이상하게도 그림이 동물을 학대하는 주인 아니면 알바생을 착취하는 주인이 되어가고 있었다. 여기서 더 아이러니한 점은 내가 알바생이나 동물이 아니라 가게 주인이 알바생이나 동물 같다는 사실이다. 아무리 손님이 왕이라지만 이상하다. 토끼 탈은 다시 나를 머리부터 발끝까지 훑어보고는 다시 분주하게 카운터 안으로 들어가더니 빵과 김치를 가지고 나왔다. 밥과 김치면 밥과 김치고 빵과 딸기잼이면 빵과 딸기잼이지 빵과 김치는 이 세상 어디에 존재하는 믹스엔 매치란 말인가. 맛이 의심스러웠지만 배가 너무 고프기도 했고, 토끼 탈이 눈을 빛내며 날 쳐다보는 까닭에 이상하다 말할 수 없었다.

사실 맛이 그렇게 나쁘지도 않았다. 모든 탄수화물은 김치에 반응하는 건지 빵도 꼴에 탄수화물이라고 김치랑 꽤 잘 어울렸다. 밥 친구가 평생 친구라는 말이 정말인지 밥을 먹고 나니 이 가게가 친근해지는 것도 같았고, 이상하고 귀여운 가게의 주인과도 나름 잘 맞는 것 같은 기분이 들기도 하였다. 역시 사람은 배가 부르고 봐야 한다. 나는 오랜만에 느껴보는 포만감을 만끽했다.

어쩌면 엄마가 병에 걸린 것도 이겨 내지 못하고 세상을 떠난 것도, 아빠를 모르는 것도, 갑자기 미친 듯이 행복해지고 싶던 것도 그래서 미친 듯이 달려나가 유원지로 간 것까지. 다 이 특별한 경험을 하기 위해 그런 것일 수도 있다는 생각이 들었다. 말도 안 되는 생각인 것을 알지만 꼭 모든 것이 과학적으로 날 납득시킬 수 없다는 것을 인정하게 될 것 같았다. 애써 부정하고 싶었지만 그럴 수 있을지 잘 모르겠다.

가게 주인은 내가 사과를 먹었다는 것을 알고 나서 먼저 가게를 소개해 주겠다고 나섰다. 사과에 금칠이라도 되어 있는 것인지 손바닥 뒤집듯 바뀌는 가게 주인의 태도가 기가 찼다. 가게 주인의 뒤를 따라가며 구경한 가게는 나의 예상보다 훨씬 더 넓었다. 발도 다친 내가 그 넓은 보폭을 낑낑거리면서 따라오는데 어떤 사람인지는 몰라도 발을 다쳐 방금 치료를 끝낸 나랑 죽어도 걸음걸이를 맞춰 주지 않는 것을 보면 인성 하나는 참 별로일 것이 분명하다.

붉은색, 주황색, 노란색, 보라색, 초록색, 푸른색 같은 오색 빛깔의 색이 책장을 빽빽하게 채우고 있었으며, 사이사이에는 나의 회전목마 오르골 말고도 많은 물건이 진열되어 있었다. 이 오르골도 나라는 주인이 있었는데 저 수많은 물건이라고 주인이 없다는 법은 없지 않은가. 그 문제에 대해 물어보려 했더니 눈치 빠른 토끼 탈이 내 말을 끊고 가게에 대해 설명하기 시작했다. 토끼 탈의 설명에 따르면 이 가게에 대해 꼭 알아야 할 사실은 대충 세 가지가 있다고 한다.

첫 번째. 이 가게의 이름은 달 토끼 상점이다. 이 가게의 주인은 자의로 되는 것이 아니며, 가게가 주인을 선택한다. 선택하는 방법은 여러 가지며 정해진 것이 없다. 이 가게는 본성이 제법 잔인한 놈이니, 가게에 너무 정을 붙이지 않는 것을 추천한다. 거부권은 없다. 당신이 어디로 도망치든 가게는 당신을 따라간다. 가게에 본성 운운하는 토끼 탈은 참 웃겼다. 나는 건물에 본성이란 것이 있나 진지하게 고민해 보기로 하였다. 100분 토론이라도 해야 하는 것은 아닌지 모르겠다. 토끼 탈은 자신은 생각보다 조금 단순한 방식으로 선택되었다며 자신도 홀린 듯이 가게에 들어왔지만 나가려고 하니 문이 밖에서 잠긴 듯 열리지 않았다고 했다. 다음날 아침까지 꼬박 12시간을 이 가게에 갇혀 있었는데 새벽에서야 문을 열어 주었다고 한다. 그리고 그 가게를 겨우 나서면서 손목에 이물감이 느껴져 손목을 보니 절구 모양 팔지가 끼워져 있는 것을 알았고 그 이후로부터 지금까지 근 10년을 가게를 달고 살아야 했다. 도망도 쳐 보았지만 계속 따라왔다. 달 토끼는 끈질긴 놈이라며 혀를 끌끌 찼다.

두 번째. 이 가게는 잃어 버린 기억을 저장하는 가게이며, 당신의 생각보다 훨씬 잔인한 곳일 수 있다. 기억은 그 사람과 관련된 물건으로 이 가게에 진열되며 찾으러 오는 사람이 간혹 있지만, 보통은 오지 않는다. 때로는 모르는 것이 가장 좋은 약일 순간이 있다. 그리고 지금이 아마 그 순간일 것이다. 토끼 탈은 달빛 상점에 관해 좋은 점이라고는 숙식 제공뿐이라는 것을 강조하며 웃었다.

　세 번째. 이 가게는 기억을 팔고 대가로 행복을 받는다. 하지만 그 행복 또한 여기 있던 기억의 조각이 없어서 오는 행복이기에 여기서 기억을 샀다면, 그 행복이 절망으로 바뀌어 손님의 목을 조일 수도 있다. 반품은 안 된다. 행복을 줘도 사람들은 어떻게든 잘 살아가니 걱정하지 않아도 될 것이다.

　그래서 내가 이 가게랑 무슨 상관인데. 나한테 쓸모없이 이걸 설명하고 있는지 알 길이 없었다. 마지막으로 달 토끼 상점 주인 달 토끼는 가게의 선택을 받은 그 순간부터 손목에 절구 모양 팔찌가 채워지고 달 토끼로 통일되며 유니폼은 이 촌스러운 토끼 탈이라며 툴툴거렸다. 달 토끼 상점은 저녁에 진열된 기억 중 하나의 주인에게만 보인다며 절대 손님에게 얼굴과 모습을 드러내서는 안 된다는 말까지 덧붙였다.

　모든 설명을 다 끝낸 달 토끼는 유원지에서의 추억과 기억을 다시 느끼고 싶을 것이라고 하며 내게 기억을 살 것을 은근히 권했고, 처음에 절대로 믿지 않으려던 나는 달 토끼가 내 머리를 잘라 주고 아직 다시 가져다 놓지 않은 쪽가위를 하얀 문 옆 상자에 넣어 다른 사람의 추억을 잠깐 보여 줌으로써 내게 정말 기억을 파는 곳이라는 것을 증명했다. 나는 기억을 파는 상점이란 달 토끼의 말에 정상적인 가게는 아니란 것을 깨닫고 도망칠까 진지하게 고민했지만 그러기엔 엄마 아빠와 함께 갔던 유원지가 눈에 밟혔다.

❖ ❖ ❖

지금 행복을 주고 기억을 산다면 난 아빠의 얼굴을 정확히 볼 수 있을 것이다. 잘하면 이름도 알 수 있을지 모른다. 그렇게 해서 아빠의 얼굴과 이름을 알게 된다면 아빠를 찾을 수 있는 길은 지금보다 훨씬 넓어질 것이다. 운이 좋아서 아빠가 살아 있고 경제적 능력이 되어서 날 받아 준다면? 그럼 난 내 꿈을 이룰 수 있을 것이다. 엄마와의 추억도 중요했지만, 나는 당장 하루를 버티기가 힘들다. 엄마도 사랑하는 딸이 아무도 없는 집에서 굶어죽길 바라지는 않을 것이다. 화목한 가정도, 돈도, 20평대의 집도 매우 필요했다. 더 이상 을씨년스러운 재개발 동네에 살지 않아도 되고, 배를 곯지 않아도 되며, 차가운 집에 혼자 남아 엄마를 그리워하지 않아도 될 것이다. 또 자다가 물이 새서 일어나지 않아도 되고, 끔찍한 쥐가 석면 지붕 위를 뛰어다니는 소리를 듣지 않아도 될 것이다. 나의 옆에는 항상 아빠가 있을 것이며, 날 사랑하는 아빠는 내 옆에서 날 응원하고 엄마의 죽음을 함께 슬퍼해 줄 것이다.

아빠가 날 받아 주지 않는다는 생각은 애초에 하고 싶지 않았고 그럴 리도 없었다. 나와 엄마가 힘들게 살았던 세월을 감싸 주고 몰라 주어 미안해할 것이 확실했다. 내 기억 속에 아빠는 날 사랑했기 때문이다. 날 사랑스럽게 보았기에, 내가 무거운 줄도 모르고 목말과 비행기를 태워 줬기에 알 수 있는 사실이다. 내가 생각에 잠기자 잠자코 나의 선택을 기다리던 달 토끼는 내게 어찌할 것인지 슬며시 물어보았다. 모든 것을 당신의 선택에 맡기겠다는 달 토끼의 말에 나는 부푼 꿈을 가득 안고 주사위를 던져 보기로 했다.

가끔은 도전을 해 보아야 한다. 어느 하나를 버려야 다른 하나가

들어온다는 말이 있지 않은가. 나는 유원지에서의 행복을 버리고 앞으로의 행복을 받아들이기로 결정했다. 아직 기억을 사겠다고 말한 것도 아닌데 이미 꿈에 잔뜩 취해 버린 나는 내가 그렇게 자랑스럽게 여기며 살던 대단한 현실 자각 능력과 냉정함을 저기 가게 한쪽 구렁텅이에 버린 지 오래였고 그 자부심에 빛나던 능력들은 모두 빛을 잃었지만 그것조차 알아챌 수 없을 만큼 나는 멍청해져 있었다. 그때 당장 가서 저 능력들을 주워오지 않은 것을 평생 후회하게 될 줄 누가 알았겠는가. 사실 내 장점이 뛰어난 것은 맞았으나 아무도 가르쳐 주는 사람이 없었기에 정작 필요한 곳에 쓰는 방법을 배우지 못하였다.

결정을 내린 나는 결연하게 달 토끼에게 갔다.

"그럴게요. 정말 행복이면 되는 거죠? 저 진짜 돈 없어요."

혹시나 사기꾼이라 돈을 따로 받으면 어쩌나 하는 걱정에 정말 돈이 없다고 몇 번이나 강조하였다. 나의 대답을 들은 달 토끼는 돈은 걱정 말라며 고개를 끄덕이고는 날 세워두고 오르골의 태엽을 감았다. 태엽이 돌아가는 기분 좋은 소리가 나며 기분 좋은 배부름과 마음에서 나오는 풍족함이 내 뇌리를 지배했다. 다시 슬프고 오싹한 오르골 소리가 들린다.

달 토끼는 달 토끼 상점에서의 첫 번째 구매를 축하한다며 태엽을 감은 오르골을 하얀 문 앞에 있는 상자에 넣었고, 그 문에서 나온 밝은 빛이 하얀 문을 집어삼켰다. 밝은 빛은 이내 자신이 삼켰던 하얀 문을 토해냈으며 그 문은 이제 더 이상 하얀색이 아니었다. 그 빛은 붉은 문을 토해냈다. 핏빛같이 붉은색의 문에 조금 불안하긴 했지만 붉은 풍선의 색과 똑같은 붉은색이라 생각하니 기분이 좋아지기 시작한다. 난 조금의 기대와 행복, 그리고 걱정을 안고 머뭇거리다 그 문의 손잡이를 잡았다. 그리고 힘차게 활짝 열었다. 밝은 빛이 달 토끼 상점의 내부로 쏟아져 들어온다.

문 너머의 모습이 궁금한가? 문을 열고 들여다본 문 안의 풍경은 참 꿈만 같았다. 붉은 문 안에는 9년 전 유원지의 모습이 그대로 담겨 있었다. 오늘 폐장된 유원지를 보며 충격을 받았던 난 행복한 유원지의 모습이 꿈만 같았다. 들어가기에 앞서 혹여라도 9년 전 그날에 갇히게 되는 것은 아닐까 불안해 달 토끼에게 어떻게 다시 이곳으로 나올 수 있냐고 물어보았지만, 달 토끼는 때가 되면 나오게 될 것이라는 애매모호한 말을 남기고는 뒤에서 나를 밀고 문을 닫아 버렸다. 얼떨결에 들어온 유원지는 문밖에서 보던 모습보다 더 그날과 같았다.

내 머릿속 구식 영상기로 틀었을 때보다 더 아름답고 반짝거렸다. 찬란한 불빛을 내며 돌아가는 관람차와 노란색 어린이 바이킹도 있었으며 그 당시 최신식의 롤러코스터, 그리고 나의 오르골과 똑같이 생긴 회전목마까지. 장신의 광대는 풍선으로 만든 강아지를 어린이들에게 나눠주고 있었으며, 풍선 할아버지는 알록달록한 풍선 손수레에 하늘로 날아가려는 풍선을 단단히 묶은 채로 벤치 옆에서 풍선을 팔고 있었다. 생각 이상으로 훨씬 근사한 모습이라 처음 이곳에 들어왔을 때는 돌아가는 것이 걱정이었지만 점점 걱정을 잊고 현실로 돌아가고 싶지 않은 마음이 들기 시작했다.

나는 즐겼다. 그날도 즐기지 않았던 것은 아니지만 더욱 행복하게 즐겼다. 세상 모든 불행이 내일 내 인생을 집어삼킨다 해도 오늘만큼 은 즐겨야 했다. 오늘은 유원지를 몸으로 느껴야 했고, 오늘만은 아름 다운 엄마와 아빠의 모습을 눈에 실컷 담아야 했다. 그리고 이 기억 이 흐릿해져 빛이 바래지 않게 잘 닦아 보관해야 한다. 언제든지 꺼내 볼 수 있도록 마음에 담아 두어야 한다. 이제 유원지에서의 행복을 이 가게가 가져갈 것이니 나는 오늘의 기억으로 평생을 살아갈 것이다.

내가 힘들 때 다시 돌아보며 추억하는 한편의 아름다운 영화가 될 수 있을 것이다. 행복을 주고 기억을 산 것을 후회하지 않는다. 유 원지에서의 추억만을 가지고 아빠를 모른 채 사는 것은 아무래도 싫 었다. 그저 행복한 꿈을 잠깐 꾸고 일어난 것 같아서 별로였다. 현실 에서 행복해야 한다. 행복을 팔아 기억을 얻음으로써 얻는 것이 있 을 것이다. 그것이 진정한 행복이라 생각했다. 앞으로 평생 하지 못 할 일을 지금 마음껏 하는 건데 이것저것 생각에 사로잡혀 있고 싶 지 않았다. 오늘만은 단순하게 살기 위해 나를 붙들고 놓아주지 않 았던 걱정들을 하나씩 내려놓기 시작했다.

❖ ❖ ❖

롤러코스터를 탔다. 높이 올라갔다 내려오는 롤러코스터는 내가 가지고 있던 근심과 걱정을 날리기에 충분했다. 하지만 그 와중에도 내 손목에 묶인 붉은 풍선은 정신없이 펄럭이면서도 내 손목을 놓지 않았다. 한쪽에 분홍색 기계를 둔 채로 솜사탕을 만들어 팔던 할머니에게 달콤함을 샀다. 혀가 아리게 밀려오는 달달함은 내 뇌의 한 곳을 자극하여 무수한 엔도르핀을 방출했다. 엔도르핀은 내 감각을 무디게 만들어, 어린 시절의 날 찾아야 한다는 중요한 사실조차 흐리게 만들었다.

정신없이 다른 놀거리를 찾고 있었다. 빨리 기억을 찾고 이곳에서 나가야 한다는 것을 이성으로는 알고 있었고 나의 직감이 말해 주고 있었지만, 나의 감정은 이미 나의 뇌를 지배하기 시작한 후였다. 내 왼쪽 손목에 묶여 있는 붉은 풍선이 춤을 추듯이 살랑살랑 흔들린다.

어린아이들 사이에서 부끄러운 줄도 모르고 정신없이 유원지를 휘젓고 다니던 내가 정신을 차린 것은 노을이 질 때쯤이었다. 솜사탕의 위력이 다한 것인지 순간 이것도 현실이 아니라는 생각에 기분이 확 가라앉았다. 붉게 물든 하늘이 허탈하다. 나는 마음이 급해졌다. 내가 유원지에 오는 것은 그날 하루 저녁. 불꽃놀이를 보고 집으로 갔으니 대충 10시쯤일 것이다. 광장에 걸린 커다란 시계를 보고 시간을 확인했다.

정확히 6시 57분, 7시가 다 되어가는 시간이다. 정신을 놓고 놀다 보니 많은 시간이 지나 버린 참이었다. 남은 시간은 3시간 정도인데 이 넓은 유원지를 어떻게 다 뒤진단 말인가? 특히나 오늘은 어린이날이라 아이들이 아주 많았다. 붉은 풍선을 이용해 찾으려 했지만 붉은 풍선을 단 어린이가 엄마 아빠와 함께 두 손을 잡고 행복하게 놀고 있었다. 이곳이 나만이 아니라 다른 누군가에게도 세상에서 가장 행복할 기억일 수 있다고 생각하니 기분이 좋아졌다. 하지만 나는 그 사실에 흐뭇해하고 있을 만큼 한가한 사람이 아니었고 저장된 시간을 다시 본다는 평범하지 않은 방법으로 이곳에 온 나는 이방인이었다.

　내가 생각에 잠긴 동안에도 야속한 시간은 흘러만 갔다. 내 마음은 초침이 한 번씩 시계방향으로 움직일 때마다 조여 왔다. 숨쉬기가 힘들어지고 머릿속은 수천수만 개의 물음표로 가득 찼다.

　'만약 내가 어린 시절의 날 찾지 못한다면 어쩌지?'

　'그럼 이 유원지에서 평생 살아야 하는 건가?'

　'시간 내에 찾지 못한다면 난 어떻게 되는 거지?'

　머리가 지끈지끈 아파진다. 어지러운 여러 생각이 뒤섞인다. 어린아이들의 밝은 웃음소리가 내 귀를 맴돌고 슬픈 광대의 웃음 짓는 입꼬리가 내 눈을 채운다. 어질어질해 균형을 잃고 쓰러질 뻔했다. 몸을 겨우 추스르며 이마를 손으로 짚었다. 옆에 대기 줄을 표시하는 난간이 없었다면 나는 바닥으로 고꾸라졌을 것이 분명했다. 뒤섞이던 여러 물음표는 마지막에 단 하나의 느낌표로 통일된다. 내 머릿속에는 단 하나의 생각으로 가득했다.

　'달 토끼를 찾아야 한다.'

　나는 달 토끼를 찾기 시작할 것이다. 사람이 빼곡해 한 걸음 나아가기도 힘든 유원지에서 사람 찾기란 모래 속에 바늘 찾기와 같았다. 어떻게 해야 한단 말인가. 방법은 없는가? 여러 방법이 머릿속을 스치고 지나갔다. 아무리 생각해 봐도 결과는 불가능에 가까울 뿐이었다. 하지만 불가능에 가까운 것을 지금 이 순간부터 나는 가능으로 만들 것이다. 나폴레옹 1세는 알프스 산맥을 넘으며 말했다.

　"내 사전에 불가능은 없다."

　나는 유원지 한가운데에서 인파를 넘으며 말한다.

"내 사전에 불가능은 없다."

그렇다. 내 사전에 불가능은 없을 것이다. 찾을 수 없다면 토끼가 직접 제 발로 오게 만들면 될 것이다. 나는 달 토끼를 상대로 게임을 신청했다. 게임은 간단했다. 달 토끼가 내게 유원지 안에서 모습을 드러낸다면 내가 이기는 것일 것이고, 끝까지 모습을 숨긴다면 달 토끼의 승리일 것이다. 대가가 무엇이든 좋다. 50 대 50의 확률로 승부가 갈리는 이 게임의 규칙 같은 것은 없다. 그저 이기고 지는 게임이 있을 뿐이다. 나는 확신한다. 달 토끼는 유원지 어딘가에서 날 지켜보고 있을 것이다. 나는 높은 곳으로 올라갔다. 아무래도 밑에서 좁은 시야로 보는 것보다는 위에서 넓게 보는 것이 더 쉬울 것이다.

관람차에 탄 나는 창문에 얼굴을 바짝 붙이고 분홍색 옷을 입은 사람을 찾기 시작했다. 관람차가 꼭대기에 다다랐을 즈음 결과는 나름 긍정적이었다. 몇 명 찾았기 때문이다. 분홍색 바지를 입은 여자아이, 분홍색 티셔츠를 입은 남자아이, 분홍색 카디건을 입은 꼬마, 분홍 와이셔츠를 입은 어른까지. 분홍색은 여기도 저기도 널려 있었지만 관람차를 몇 번이나 다시 탄 다음 눈을 씻고 찾아보아도 토끼탈은 없었다. 관람차의 직원은 내리지도 않고 연속으로 타는 내 모습에 눈살을 찌푸리며 말했다.

"이러시면 다른 분들이 더 못 탑니다. 그만 내려 주세요."

하지만 한 번만 더 타겠다고 울먹이며 애원하는 내 모습에 마음이 약해졌는지 이내 못 이기는 척 허락해 주었다. 아무리 찾아도 안 보이는 달 토끼의 모습에 약이 오른 나는 방법을 조금 바꿔서 달 토끼가 제 발로 직접 오게 하기로 결정했다.

❖ ❖ ❖

이 가게의 주인인 달 토끼는 아마 내가 이 기억을 망치려 한다면 헐레벌떡 달려올 것이 분명했다. 달 토끼를 찾아 내 기억을 잠깐 관람하고 아빠의 얼굴과 이름을 확인한 다음, 내 목숨을 정상적으로 부지하고 이곳에서 나가는 것이 최종적인 목표였다. 그리고 나간 다음 알게 된 얼굴과 이름을 바탕으로 결혼사진을 증거로 삼아, 아빠를 찾아가는 것이다. 나는 완벽한 계획에 아주 만족스러워하며 내가 탄 관람차가 올라갔다 내려오는 동안 노란 원피스를 입고 붉은 풍선을 든 나의 어린 시절을 찾는 데 열중했다.

내 인생은 불운의 연속이었기에 한 번에 찾는 것은 기대하지 않았다고 하지만 이것은 너무 심하지 않은가. 관람차가 올라갔다 내려오는 7분이 안 되는 그 짧은 시간에 나는 노란 원피스에 붉은 풍선을 왼손에 맨 다섯 살 정도 돼 보이는 여자아이를 여섯 명이나 찾았다. 볼펜으로 여섯 명이나 되는 아이들의 마지막 위치를 외우려고 중얼거리며 주머니에 언제부터 들어 있었는지 모르는 볼펜으로 손등에 메모했다.

"한 명은 롤러코스터 대기 줄, 한 명은 화장실 앞, 한 명은 군것질 거리를 파는 작은 상점 앞, 한 명은 풍선 손수레 옆 벤치 또 한 명은 어린이 바이킹 옆 그리고 마지막 한 명은 회전목마 앞이다."

나는 관람차에서 내리자마자 날 안타깝게 여겨 관람차를 더 타게 해 준 직원에게 감사 인사를 한 후 탱탱볼처럼 튀어가듯 롤러코스터로 달려갔다. 관람차를 타느라 시간이 좀 흘렀기에 어둠이 내려앉았고 유원지에 하나둘 불이 켜졌다. 시계의 시침은 벌써 9를 향해간다. 최대한 빨리 가야 한다. 만약 길이 엇갈린다면 곤란해질 수도 있다. 첫 번째 아이를 찾았다. 그 아이는 하얀 레이스가 달린 노란 원피스를 입었는데, 그 아이의 엄마는 우리 엄마가 아니었고, 그 아이 또한 내가 아니었다. 몸을 돌려 두 번째 아이에게로 뛰어갔다. 하지만 화장실 앞에 그 아이는 보이지 않았다.

롤러코스터 대기줄에 있던 첫 번째 아이를 만나고 오기는 했어도 바로 몸을 돌려 왔기에 시간이 얼마 지나지도 않았을 텐데 두 번째 아이는 벌써 자리를 옮긴 것 같았다. 순간 머리가 하얘졌다. 어디로 가서 찾아야 하나 주변을 두리번거리며 걱정하던 찰나 두 번째 아이와 아이의 부모님이 화장실에서 나왔다. 안도의 한숨을 내쉬며 아이를 찬찬히 보았다. 두 번째 아이는 나와 조금 닮긴 했지만 역시 내가 아니다. 점점 마음이 조급해졌다. 두 번째 아이도 잃어 버릴 뻔했는데 세 번째도 어딘가로 움직였을 것이다. 그 자리 그대로 머물러 있으리란 보장이 없기에 발에 더 속도를 올렸다.

세 번째 아이가 있던 군것질거리를 파는 작은 상점 앞은 유독 사람이 많았다. 그 앞 벤치엔 아이들이 서로 솜사탕을 나눠 먹고 있었고 솜사탕을 주물럭거리며 장난을 치기도 했다. 그중 한 아이는 솜사탕을 떨어트린 것인지 서럽게 울고 있었다. 보라색, 하얀색, 분홍색, 빨간색, 파란색, 초록색 옷을 입은 아이는 많았지만 세 번째 아이가 있던 군것질거리를 파는 작은 상점 앞에 노란색 옷을 입은 아이는 찾을 수 없었다. 두 번째 아이와 마찬가지로 멀리 가지는 못하였으리라 생각하며 주변을 둘러보아도 노란색은 보이지 않았다. 나는 마지막 희망을 품고 기념품 가게 안으로 들어갔다. 가게 안에서는 아이들이 부모님의 옷을 붙잡고 군것질거리를 사 달라 조르는 아이가 태반이었다. 내가 찾는 아이는 안 보이기에 나가서 다른 장소를 찾아보려 막막한 심정으로 발길을 돌렸다.

그때 군것질거리를 파는 작은 상점 안으로 들어오는 아이와 부딪혔다. 그 여파로 그 아이 왼쪽 손등에 묶여 하늘로 날아오르던 붉은 풍선이 터졌고 아이는 울기 시작했다. 아이의 부모님은 날 탐탁지 않게 보며 화를 냈지만 나의 기분은 날아갈 것 같았다. 그 아이가 내가 찾던 세 번째 아이이기 때문이다. 그러나 세 번째 아이는 내가 아니었다. 나는 이런 일로 쉽게 울지 않는 어린이이며 나의 부모님은 저렇게 날카롭지 않다. 앞서 우리 엄마는 달고나 같다 말하지 않았나. 달고나는 달달하고 투박하며 둥그렇다.

❖ ❖ ❖

생각보다 유원지는 더 넓었다. 오전에 마음껏 즐기던 유원지는 좁다고 생각했는데 그 좁은 유원지는 어디로 사라지고 엄청 넓은 장소가 내 체력을 소모시키고 있었다. 롤러코스터, 화장실, 기념품 가게 세 곳을 돌아다녔는데도 벌써 삼십 분이 지났다. 일교차가 커 밤에는 쌀쌀한 봄 날씨에도 등줄기에는 땀이 흘러 등이 젖기 시작한다. 아니, 화장실과 놀이기구의 거리가 이리도 멀면 화장실 급하면 어쩌란 말인가. 땅이 너무 넓어서 남아도는 것인지 유원지의 몇 개 없는 놀이기구는 서로 멀리도 떨어져 있었다.

유원지를 직선으로 관통해 군것질거리를 파는 작은 상점의 바로 반대편에 있는 풍선 할아버지의 손수레로 달려갔다. 노란 원피스를 입은 네 번째 아이는 아직 풍선 할아버지의 손수레 옆 벤치에서 왼손에는 붉은 풍선을, 오른손에는 두 개가 붙어 있는 초콜릿 아이스크림 바를 들고 핥아먹고 있었다. 두 개로 나눌 수 있는 초코아이스크림을 혼자 먹다니. 그걸 보고 저 아이는 내가 아니라 확신할 수 있었다. 내가 저렇게 욕심이 많았을 리가 없다. 난 다른 곳으로 이동하지 않아서 다행이라고 생각하면서도 한편으로는 두려웠다. 여섯 명의 아이 중에 벌써 네 명을 보았다. 하지만 그래도 난 찾을 수 없었다.

"여섯 명의 아이들 중에 내가 한 명도 없다면, 모두 내가 아니라면 어쩌지?"

불안감이 슬금슬금 고개를 내밀었다. 시간이 얼마 없는 지금 어린 시절의 나를 찾은 다음 아빠 얼굴을 보며 이름까지 듣고 기억을 망치려 해서 달 토끼까지 불러내는 것은 무리가 있을 수도 있었다. 이제 나는 최대한 노력해보려 한다. 그저 여섯 명의 아이 중 한 명은 나의 어린 시절이길 바라보는 수밖에 없다. 손등에 볼펜으로 써놓은 다섯 번째 아이의 마지막 행적을 보고 나는 노란 바이킹 옆으로 향했다.

노란 바이킹 옆에 있어야 하는 다섯 번째 아이는 온데간데없이 사라져 버렸다. 그럴 만도 한 것이 이미 시계는 9시 37분을 가리키고 있었고 어린아이가 삼십 분 넘는 시간 동안 한자리를 지키고 있을 가능성은 전혀 없었다. 난 다섯 번째 아이를 찾기 위해 주변을 뛰어다니며 아이를 찾아보았지만, 어린이 바이킹 안에도, 옆에 벤치에도, 길거리에도 아이는 보이지 않았다. 다섯 번째 아이를 잠깐 보류

한 후 마지막 여섯 번째 아이를 찾으러 떨리는 마음으로 회전목마로 가는 길이었다. 나는 다섯 번째 아이를 발견했다. 아이는 어린이 바이킹과 회전목마 사이에 있는 분홍색 솜사탕을 파는 할머니의 솜사탕 기계 앞에서 자신의 순서를 기다리고 있었다.

풍족한 집에서 자란 것처럼 보이는 그 여자아이는 하얗고 통통한 손을 가지고 있었다. 우량아 선발 대회에서 1등을 기꺼이 차지하였다 해도 믿을 수 있을법한 그 여자아이는 어릴 적부터 마른 나와는 딴판이었다. 나는 이번에도 내가 아니라는 사실에 절망했다. 역시 신은 나의 편이 아닌 것인가. 시간이 정말 얼마 없었기에 나는 남은 체력을 모두 긁어모아 뛰기 시작했다.

유원지에서 불꽃놀이를 한다는 안내방송이 흘러나온다. 남은 체력을 긁어모아 뛰면서도 왼손에 묶인 빨간 풍선은 날아가지 않게 꽉 잡는 내가 웃기다. 밤이 내려앉은 유원지의 회전목마는 참 아름답다. 화려한 불빛이 반짝거린다. 회전목마 불빛 앞에는 한 아름다운 가족의 뒷모습이 보인다.

다섯 살짜리 어린 여자아이는 무릎까지 오는 낡고 노란 드레스를 입고 행복하게 웃고 있을 것이다. 그녀의 옆엔 아빠로 보이는 남자 한 명과 날카롭지 않고 푹신한 단발을 가진 달고나 같은 여자가 아이의 손을 잡고 서 있었다. 달고나는 달달하고 투박하며 둥그렇다. 아이의 마른 왼쪽 손목에는 핏빛이 도는 붉은 풍선이 매달려 있었다. 여섯 번째 아이였다. 나는 아이 엄마의 뒷모습을 보고 나는 첫눈에 깨달았다. 우리 엄마였다.

엄마가 옆에 있다면 엄마 옆에 서 있는 아이는 자연스레 엄마의 사랑스러운 딸인 나일 것이다. 나는 가빠 오는 숨을 고르며 내 이름을 아이를 향해 불렀다.

"오름아! 고오름!"

아이는 천천히 고개를 돌린다. 아이의 표정은 밝고 행복해 보인다. 그렇다. 여섯 번째 회전목마 앞의 아이는 나였다. 내가 고개를 돌림과 동시에 옆에 서 있던 여자 어른이 고개를 돌린다. 우리 엄마가 맞았다. 내가 기억하는 엄마의 마지막 모습은 싸늘하게 식은 주검이다. 나도 어렸기에 죽음에 관한 충격이 너무나 커서 그랬던 것을 안다. 엄마가 멀리 가 버린 이후로 엄마의 얼굴을 생각하려 들면 마지막 모습만 떠오른다.

아름답고 행복해 보이는 엄마 모습을 오랜만에 봐 너무나도 반갑다. 평생 고생만 하고 산 우리 엄마는 매우 젊고 예뻤다. 엄마의 고운 모습은 마지막 모습만큼이나 충격이 컸다. 난 내 머릿속 엄마의 마지막 모습을 새롭게 기억할 수 있었다. 엄마는 원래 그런 것인 줄 알았다. 이 세상 모든 엄마는 원래 손에 주름이 가득했고, 원래 목소리가 크며, 원래 걱정이 많은 것이라 생각했다. 그래서 난 엄마가 되기 싫었다. 현실적인 것을 그리 강조하는 내가 왜 그렇게 현실적으로 말도 안 되는 생각을 했는지 나도 모른다. 이 세상 모든 것에는 이유가 있다. 그냥 원래 그런 것은 없다는 것을 참 오래도 모르고 살았다.

가장 뒤늦게 아이의 옆에 있던 남자 어른까지 고개를 돌린다. 나는 아빠의 얼굴을 볼 생각에 나의 가슴이 미친 듯이 두근거린다. 어떤 사람일까? 결혼사진과 얼마나 닮았을까? 다시 한번 물음표가 뇌를 가득 채운다. 손발이 저리고 머리가 돈다. 긴장감에 고개를 들 수 없었던 나는 아빠가 고개를 돌리고도 한참이 지나서 겨우 고개를 들었다. 때마침 하늘을 알록달록한 폭죽이 수놓는다. 아름다운 하늘이다.

❖ ❖ ❖

아름다운 하늘을 배경으로 처음 아빠를 보았을 때 나는 숨이 턱 막혔다. 한눈에 보기에도 떨리는 것이 보일 정도로 손이 바들바들 떨려온다. 붉은 풍선이 함께 춤을 춘다. 아빠가 여섯 번째 아이의 손을 놓고 내게로 다가왔지만, 난 못 볼 것이라도 본 사람처럼 주춤주춤 뒤로 물러날 뿐이었다.

아이의 옆에 서 있던 남자 어른이 발걸음을 뗐다. 아빠가 다가왔다. 고개를 들어 본 아빠의 얼굴은 엄마의 결혼사진 속 그 남자가 아니었다. 고로 내가 지금 아빠라고 부르고 있는 아빠는 내 아빠가 아니다. 내게 유일한 아빠와의 기억이 알고 보니 아빠와의 기억이 아니었던 것이다. 날 사랑해 줬던 사람은 아빠가 아니었다. 그제야 나는 명확하게 알 수 있었다. 아빠는 날 사랑한 적 없었다. 어디인가 살아 있을지 모르는 나의 진짜 아빠는 날 딸이라 생각한 적 없을 것이다. 아빠가 살아 있고 경제적 능력이 되어서 날 받아준다면 이룰 수 있었던 내 꿈을 쓰레기통에 처넣었다. 다 찢어진 엄마와의 추억을 집어 들었다. 당장 내일 버티기가 급급한 내 일상은 여전할 것이다.

을씨년스러운 재개발 동네에서 배를 곯아야 한다. 차가운 집에 혼자 남아 엄마를 그리워할 것이다. 아빠는 내가 이 세상에 태어날 때부터 지금까지 쭉 없었고 앞으로 없을 것이다. 날 사랑하는 사람, 내 옆에서 날 응원하고 엄마의 죽음을 함께 슬퍼해 줄 사람은 없다. 나와 엄마가 힘들게 살았던 세월을 감싸 주고 몰라 주어 미안해할 사람 또한 없다. 날 사랑스럽게 보고, 내가 무거운 줄도 모르고 목말과 비행기를 태워 주던 사람은 아빠가 아니다.

내 눈에 눈물이 빈틈없이 층층이도 쌓인다. 고개를 삐걱삐걱 돌려 배신감 가득한 눈빛으로 아이를 바라본다. 순간 사랑스럽게 웃던 아이의 미소는 모두 흔적도 없이 스며들었다. 미소가 스며든 그 자리에는 아까의 사랑스러운 아이와 똑같은 아이이지만 애초에 미소 짓는 방법조차 몰랐다는 듯 무표정으로 서 있는 마르고 볼품없는 아이만이 서 있었다. 미소가 사라진 자리는 휑했고 상대가 나의 어릴 적 모습임에도 낯설고 소름 끼쳤다. 기괴하게 마른 몸에 불행해 보이는 표정을 가진 아이에게 입혀진 밝은 노란색 원피스와 머리 리본은 작은 아이를 생명이 없는 인형처럼 보이게 만들었다.

아이의 미소가 스며들자 회전목마를 제외한 유원지의 모든 것의 색이 스며들어 흑백으로 변했다. 아이의 표정이 무표정으로 변함과 동시에 내게 다가오던 아빠도, 옆에 아이의 손을 잡고 있던 엄마도 모두 재가 되어 부스러진다. 아이와 나만 남은 유원지를 본다. 어두운 밤 유일하게 우리를 비추는 것은 가로등도 빛을 내는 용도로 사용되는 그 무엇도 아니었다. 그저 그것을 탄 아이들이 없어도 개의치 않다는 듯 돌아가며 회전목마 오르골과 같은 오싹하면서도 슬픈 음악을 연주하는 화려한 빛을 가진 회전목마뿐이었다.

❖ ❖ ❖

인형 같은 아이와 나는 한참을 서로 바라본다. 아이가 먼저 입을 뗀다. 자기 자신에게 말을 거는 아이의 말투는 지나치게 정중했다. 울먹거리며 반말을 쓰는 부루퉁한 나와 무표정으로 존댓말을 쓰는 어른스러운 아이의 모습은 대화 상대와 역할이 서로 바뀐 것 같은 기묘한 느낌을 주기에 충분했다. 나는 미국의 정신과 의사 엘리자베스 퀴블러 로스의 슬픔의 5단계를 아주 착실하게도 밟아 나가기 시작했다.

부정했다. 내가 방금 본 것이야말로 망각이며 환상이라고 나 자신을 속였다. 나는 그 누구보다도 착실하게 나만을 믿었으며 내가 본 그 얼굴을 지워 버리려 애썼다.

분노했다. 내게 아빠에 대해 말해 주지 않은 엄마를 상대로 분노했고, 이상하게 남의 기억에 끼어들어 잘해 줘서 날 착각하게 한 그에게 분노했으며 딸이 있음에도 얼굴 한번 보러 오지 않은 친아빠라는 인간에게 분노했다. 마지막 분노의 대상은 무표정하게 이런 결과를 예상하고 있었다는 듯 나를 응시하는 저 재수 없는 꼬마였다.

타협했다. 엄마도 내게 숨길 수밖에 없는 이유가 있었을 거라 생각했다. 아빠도 날 완전히 사랑하지 않은 것은 아닐 거라 이해하려 노력했다. 나의 길게 남은 인생 중 단 한 번이라도 제 발로 찾아와 준다면 용서하겠노라 나의 기준을 늘렸다.

우울했다. 이 세상 그 누구도 날 사랑해 줄 사람이 없다고 생각했다. 엄마가 보고 싶었다. 이 세상에 내 편이 아무도 없는 것만 같은 비참한 기분이 들었다. 무표정한 꼬마도 날 한심하게 생각할 것이다.

수용했다. 나의 상황을 받아들였다. 객관적인 이성이 돌아왔고 유원지에서의 추억이 행복을 줄 수는 없겠지만 적어도 죽는 날까지 아빠를 착각하고 있게 하지는 않았다. 어떻게든 감사한 점을 찾으려 노력했다. 나는 절망하는 중이었다.

이 세계에서 나가고 싶었다. 행복했던 유원지는 더 이상 나에게 행복을 주는 장소가 아니었다. 여기에 더 있어야 한다면 일 분 일 초마다 심장이 수백 조각으로 찢어져 나갈 것 같았다. 괴로웠다. 무표정한 얼굴로 날 지켜보던 저 인형 같은 아이라면 내게 방법을 알려 줄 것 같았다.

"나에게 여기서 나가는 방법을 알려 줘."

아이는 삐걱거리며 대답했다.

"날 영원히 없애 버려."

순간 내 왼손에 들려 있는 붉은 풍선이 단검으로 모습을 바꾸었다. 어린 시절의 내 모습은 내가 그것을 들고 주저하자 주저하지 말라는 듯 팔을 뻗으며 안기라는 동작을 취한다. 인형의 얼굴은 여전히 무표정이었지만 다정했다. 나는 그것의 날을 세운 채 아이에게 달려가 안겼다. 아이가 균형을 잃고 허물어진다. 차갑게 식은 아이의 손을 잡으려 하였지만 잡히지 않았다. 붉은 물이 튄다. 허물어지는 아이의 마지막 표정은 행복했다. 그와 동시에 이 세상도 이 유원지도 허물어진다. 나의 아름다운 유토피아의 참담한 최후였다. 흐르는 눈물에 회전목마의 불빛이 아스라이 아스러진다.

"안녕 나의 과거."

'펑'

붉은 풍선이 터졌다. 길고 길었던 붉은 풍선과 나의 최후였다, 최후에도 붉은색은 화려하고 아름다웠다. 풍선이 날아가지 않게 지탱하던 줄만이 이 자리에 풍선이 있었다는 것을 증명한다.

"쨍그랑"

유원지로 가는 문 옆 박스에 들어 있던 회전목마에 내가 손을 대자 유리 회전목마 오르골이 조각조각 깨진다. 동이 트고 가게 문을 나간 나의 손에는 조각난 나의 회전목마 유리 오르골 중 하얀 말 한 마리만이 들려 있다.

달 토끼와의 게임에서 나는 패배했다. 달 토끼는 끝까지 내게 모습을 드러내지 않았다. 내 사전에 불가능은 없다고 외치던 나폴레옹도 결국에는 몰락해 엘바 섬에 갇히지 않았는가. 승자의 게임에 패자는 조용히 승자의 벌을 받아야 할 것이다. 달 토끼가 내게 내린 벌은 다시는 이 가게를 볼 수도 들어올 수도 없게 만드는 것이었다. 달 토끼는 내게 절대 자신을 찾으려 하지 말라는 말을 남기고 다시는 보이지 않을 달 토끼 상점으로 사라져 버렸다.

달 토끼는 말했다.

"과거는 다 아름답습니다. 아름다워야 과거이지요. 당신의 과거가 아름답지 않은 이유는 당신의 과거는 아직 현재에 머물러 있기 때문입니다."

❖ ❖ ❖

무거운 물체가 떨어지는 소리에 그녀는 책에서 빠져나왔다. 그녀는 자신이 쓴 책을 덮은 다음 고개를 들고 어느 한 곳을 짜증스럽게 응시한다. 자신의 맑고 검은 매력적인 눈에 한 남자를 담는다. 그곳에는 장신의 남자가 북트럭을 끌고 다니며 책을 정리하고 있다. 그는 푸른 청바지에 흰 맨투맨이라는 매우 평범한 옷을 입은 머리부터 발끝까지 매우 평범한 사람이다.

그의 패션에 특별한 점이라면 맨투맨의 가슴께에 달에서 절구를 찧는 귀여운 토끼 자수가 새겨져 있는 것이다. 얼굴이 잘생기지는 않았지만 순수해 보인다. 책을 옮기면서도 몇 번이나 쏟고 떨어트리는 모습이 칠칠치 않아 보인다. 책 정리하는 것도 못했다. 못하는 것을 찾는 것보다는 잘하는 것 찾는 것이 더 빠를 듯하다. 쩔쩔매며 온갖 난리는 혼자 다 치다가 후드득 떨어지는 책에 머리를 맞은 그가 한심해 보인 그녀는 한숨을 내쉬며 떨어진 책을 주워서 북트럭에 차곡차곡 쌓기 시작한다. 정말 연약하고 툭 치면 부러질 것 같은 남자라고 생각하며 얼마나 세게 치면 부러질 것인가를 고민했다.

그녀의 손이 닿은 책꽂이는 놀라울 만큼 깔끔해졌다. 그녀가 책꽂이를 정리하는 모습에 그 남자의 눈이 휘둥그레진다.

"이쪽 일하세요? 한두 번 해 본 솜씨가 아니라서."

"뭐……. 비슷하겠네요."

여자는 책을 다루는 일이라는 조그만 공통점에도 어차피 대부분의 사람은 그녀의 책을 읽지 않았을 것이기에 비슷하다 대답했다. 굳이 모르는 사람을 붙잡고 나의 직업과 책을 설명할 필요 없지 않은가. 그것이 그녀의 성격이고 철학이었다. 그리고 그 순간부터 그녀의 직업은 그에게로 가서 사서가 되었다.

❖ ❖ ❖

마지막 한 권을 주우려 허리를 숙일 때 그녀의 눈과 그의 가슴에 사는 토끼와 눈이 마주쳤다. 왜인지 모르게 그녀의 눈을 피하는 듯 생겨 먹은 토끼 자수는 흔치 않아서 그런지 더 귀엽다. 쭈글쭈글하게 생긴 게 저 어리바리한 남자랑 닮은 것 같기도 한 것이 미묘하게 마음에 들었다. 애를 쓰면서 절구를 찧는 작은 토끼의 모습도 책을 끙끙거리면서 정리하는 저 남자랑 닮은 구석이 많았다.

"귀엽네."

"예? 아니 그 제가 그게……."

"아니 그 토끼 귀엽다고요."

"아……."

남자는 혼자 북 치고 장구 치고 당황한 게 부끄러웠는지 고개를 푹 숙인다. 그의 귀가 불타는 고구마처럼 붉어지고 있다. 그녀는 점점 더 붉어지는 그의 귀를 신기한 눈으로 쳐다본다. 그녀는 다음 글의 소재로 '점점 붉어지는 귀에 관한 고찰'이라는 제목의 산문은 어떨까 진지하게 고민했다. 그 남자는 아직도 바보같이 서 있다.

"저기요. 발."

"네?"

"발. 치우셔야 제가 책을 줍죠."

그는 그제야 허겁지겁 발을 치운다. 그녀는 그를 정말 처음부터 끝까지 정신 사나운 사람이라 생각하며 마지막 책 한 권과 자신이 보고 있던 붉은 책을 책꽂이에 부드럽게 밀어 넣는다. 그녀는 도서관 일일 봉사 조끼를 입고 있던 그와는 더 이상 볼 일이 없을 것이라 생각했다. 그녀는 미련 없이 몸을 돌려 열람실을 나온다. 강렬한 그녀의 잔상이 아른아른하며 남는다.

❖ ❖ ❖

배가 출출해진 그녀는 도서관 휴게실에서 빵이라도 한 조각 먹기로 결심한 다음 매점으로 가서 빵을 사려고 계산대에 빵과 음료수를 올리는 참이었다. 그녀의 뒤에서 눈같이 하얀 손이 튀어나오며 돈을 내려는 그녀의 손을 막는다. 놀라 뒤를 돌아보는 그녀의 눈에 그가 보인다. 아마 식사를 하러 온 것이리라. 당황하는 그녀를 신경 쓰지 않는 듯 방실방실 웃으며 카드를 내민다.

"안 그러셔도 되는데."

"고마워서 그런 거니까 너무 신경 안 쓰셔도 돼요."

그는 그녀의 사양을 다시 한번 사양했다. 처음으로 그녀에게 보여 주는 그의 단호한 모습이었다. 다시 볼 일 없을 줄 알았는데 몇 분 지났다고 다시 만나니 이상하게 반가웠다. 그녀의 입꼬리가 올라간다. 그녀는 그의 단호한 모습에 체념한 후 무심코 그의 식사 메뉴를 보았다. 그의 손에는 플라스틱 재질의 손바닥만한 용기에 담긴 김치와 아무렇게나 쪼개진 나무젓가락 그리고 빵이 들려 있었다. 밥이나 잼은 없었다. 그는 정말 김치에 빵을 올려 먹기라도 할 셈인 것 같았다. 취향 한번 특이하다고 생각하며 그녀는 그와 함께 휴게실로 발걸음을 옮긴다.

휴게실에 도착해 서로 마주 앉은 그는 김치와 빵을 맛있게도 먹는다. 신기하게 쳐다보는 그녀의 시선을 느꼈는지 그는 눈을 빤짝이며 빵을 조금 떼어내 김치를 올린 다음 그 여자에게 권한다. 그녀는 그의 순진한 표정 앞에 대놓고 이상하다 말할 수 없었기에 눈을 딱 감고 먹어보기로 한다. 맛이 그렇게 나쁘지 않았다. 모든 탄수화물은 김치에 반응하는 것인지 빵도 꼴에 탄수화물이라고 김치랑 어울리는 것이 기가 찰 일이다. 이상한 조합을 말이 되게 만드는 것이 참 누구와 닮았다.

그녀는 엘리베이터를 타고 3층 강의실 버튼을 눌렀다. 빵과 김치를 같이 먹던 그는 일이 남았는지 어디론가 급하게 사라졌다.

"밥 먹다 도망가는 사람 별론데."

여자는 순진한 주제에 날 바람맞힌 그가 괘씸하면서도 재미있었다.

그녀는 자신의 강의에 사람이 몇 없을 것이란 것을 알고 있었다. 대충 시간을 때우러 온 사람들이거나 그런 것이 아니라면 누가 강연을 하는지도 모른 채로 그저 무료 강의이기 때문에 보러 온 사람들일 것이다. 자신의 가치를 모르는 사람들 앞에서 자신의 인생을, 자신의 책을 소개하고 싶지 않았다. 그녀는 떨어지지 않는 발걸음을 재촉했다.

강의 시작 시간이 얼마 남지 않았다. 열람실에서 만난 어리바리한 남자 탓에 예상치 못한 시간을 더 써 버렸기에 그녀는 급하게 발걸음을 재촉한다. 약속을 어기는 것을 병적으로 싫어하는 그녀에게는 있을 수 없는 일이었다. 그녀의 하이힐이 더 경쾌하게 강의실 바닥을 울렸다. 하지만 그녀의 마음은 '경쾌'와는 거리가 멀었다.

늦은 나이에 한글을 배우는 할머니, 어린 남자아이와 아이 어머니, 시험공부를 하는 교복 차림의 중학생, 뒤늦게 사회복지 공무원 시험을 준비하는 아주머니, 퇴직 후 노후 준비를 위해 부동산 중개사 시험을 준비하는 아저씨 같은, 순박하면서도 평범한 꿈을 안고 살아가는 그들의 꿈이 담긴 삼수동 도서관은 삼수동 출신 작가라는 이유로 그곳에서 강의해야 하는 그녀에게 꿈은 개뿔, 억지로 하는 숙제가 되어가고 있었다.

그녀는 강의를 하기 위해 단상으로 올라간다. 당연히 사람이 없어야 정상이었고 계속 그래왔지만, 어째서인지 그녀의 강의실에는 사람이 빼곡했다. 그녀는 당황한 표정을 숨기지 못한다. 이게 꿈인가 싶었지만 금방 표정을 갈무리하고, 입을 열었다. 그리고 강의를 시작한다.

사람들은 그동안 그녀가 보았던, 마지못해 들어준다는 표정은 어디로 사라지고 반짝이는 눈으로 그녀를 지켜보았다. 다들 그녀의 강의를 경청했고 분위기 또한 매우 좋았다. 그러나 강의는 더 이상 이어지지 않았다. 그녀의 눈이 한곳만을 집요하게 응시하고 있었다.

모래 속에 바늘처럼 빼곡한 사람들 틈으로 열람실에서 만난 그 어설픈 남자가 보인다. 어디선가 슬프고 기묘한 오르골 소리가 들린다. 유리 오르골이다. 회전목마 오르골이다. 아름다운 유리 회전목마 오르골의 태엽이 감긴다. 어느새 그녀의 주머니엔 하얀 유리 말이 들어 있다.

'달 토끼가 보인다.'

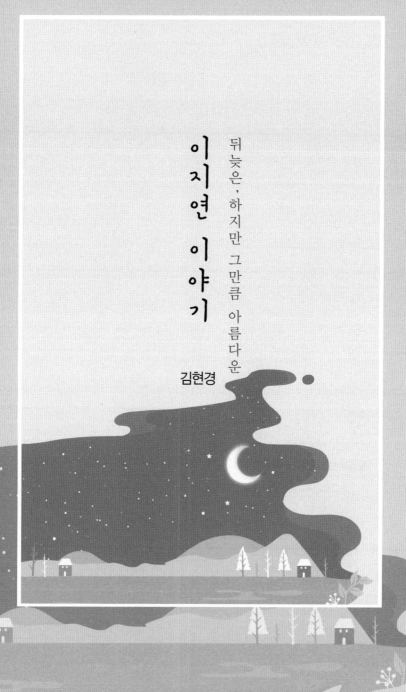

이지연 이야기

뒤늦은, 하지만 그만큼 아름다운

김현경

나를 구성하는 우선순위에는 어느새 딸이 가장 위에 있었고,
그다음은 남편이 차지하고 있었다.
나는 없었다.

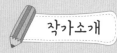

작가소개

    책을 읽는 것을 좋아하며 이와 관련된 진로를 희망하고 있는 중
학교 3학년, 김현경입니다. 저는 읽는 것을 좋아하다 보니 자주 글
을 쓰기도 하였는데, 이번에 좋은 기회를 얻어 쓰는 것에서 그치는
것이 아니라 이렇게 책까지 내게 되었습니다. 저에게 이 책을 쓰는
시간이 특별했던 만큼 읽고 있는 여러분들께도 특별한 책이 되었으
면 좋겠습니다.

사표를 던졌다. 충동적인 선택은 아니었다. 몇 년을 해 온 계획이 있었고 이를 실천할 방안 중에 퇴사가 있었을 뿐이었다.

홀가분한 마음으로 상자를 열어 여태껏 모아둔 내 물건들을 챙겨 넣었다. 딸이 학교에서 만들었다며 준 방향제, 허리가 아파서 가져다 놓은 쿠션, 옆자리의 후배가 사은품으로 받았다며 주었던 미니 가습기, 읽으려고 사다 두고는 시간이 없어 읽지 못한 책 몇 권, 회사 로고가 찍혀 있는 볼펜 몇 개, 핑크빛 담요 하나, 실내용 슬리퍼 한 켤레를 넣었다. 나는 한 명밖에 남지 않은 동기에게 인사를 건네고 자리에서 일어났다. 성격이 더럽기로 둘째가라면 서러웠던 팀장에게도 그동안 감사했다고 웃으며 인사를 건넸다. 트집 잡기도 벌써 몇 년째인 팀장이 웃으며 말했다.

"지연 씨는 조금만 더 있으면 10년인데, 퇴직금 아까워서 어떡해요."

곱게 보내 주지는 못할망정 또 내 속을 긁었다.

"돈이야 또 벌면 되는 거죠. 저도 팀장님과 같이 10년을 못 채워서 아쉽네요."

웃으며 마음에도 없는 말을 내뱉었다. 10년과 9년의 퇴직금 차이 때문에 내가 얼마나 배가 아픈데……. 어쩔 수 없이 몇 달을 남기고 퇴사하는 것이 아깝기는 아까웠다. 실습일까지 조금만 더 시간이 있으면 좋을 텐데 어쩔 수가 없는 일이었다.

"그동안 감사했습니다. 안녕히 계세요, 여러분."

고개를 숙여 인사하고 뒤돌아 건물을 나섰다. 9년이 넘는 시간 동안 함께한 회사와도 이별이었다.

❖ ❖ ❖

오랜만에 늦은 시간까지 잠을 잤다. 아침부터 난리인 남편과 딸이 주는 피로감에 다시 눈을 감을 수밖에 없었기 때문이다. 느지막이 일어나 돌려두었던 빨래를 꺼내어 널었다. 건조기만 있으면 이런 수고스러움 따위는 필요 없을 터인데 며칠 전 장을 보면서 보았던 건조기의 가격에 나는 다시 한번 입맛만 다셨다. 아침에 먹었던 그릇들을 정리하고 가볍게 청소기를 돌리고 아이 방에 들어가 어제 벗어 둔 것 같은 교복 상의를 집어 들었다. 분명 명찰을 잃어 버려 하나밖에 안 남았다는 이야기를 들은 것 같은데 빨랫감인 교복에는 명찰이 붙어 있었다. 역시나, 휴대폰에는 오늘 딸아이가 벌점을 받았다는 문자 내용이 있었다. 아침에 잠에서 덜 깬 채로 제정신이 아닌 상태에서 보냈더니 미처 챙겨 주지 못한 것 같았다. 그러니까 자기 스스로 확인을 좀 하면 좋겠는데…….

시간을 보니 벌써 오후 2시, 역시 집에만 있으면 시간이 사라지는 기분이다. 집에 있을 수 있는 날도 이제 얼마 남지 않았으니 놀면서 보낼 수는 없다는 마음에 자리에서 일어났다. 동네를 돌아다닐 때 입는 발목까지 오는 긴 치마와 티셔츠 하나로 갈아입고 길을 나섰다.

올해로 지어진 지 10년이 된 아파트의 입구를 벗어났다. 이 동네 안에서만 이사를 3번이나 다녔는데 이 집은 처음 이사 올 때부터 탐내고 있던 아파트 중 하나였다. 시간이 지나고 입주를 해서 그런지 처음의 기대와는 매우 달랐지만 그래도 나름대로 예쁜 모양새를 유지하고 있었다. 동네에는 이 아파트처럼 비교적 최근에 지어진 건물들과 오래전부터 자리하고 있던 건물들로 거리마다 분위기가 조금씩 달랐고 세 개의 강을 끼고 있는 동네답게 강 건넛마을도 분위기가 달랐다. 지금 가는 곳 또한 예전 건물들보다 심히 화려한 건물 중 하나였다.

집에서 걸어 약 20분 거리의 대형서점으로 향했다. 5년 전만 해도 동네 구석에 오래된 책방골목이 있었을 뿐 제대로 된 서점은 없었다. 책방골목은 온통 갈색뿐인 건물들과 어두운 조명, 나무 냄새와 오래된 책 냄새가 가득한 곳이었다. 하지만 동네 밖의 회사에 출퇴근하는 나는 굳이 그 골목을 찾아가 책을 살 필요가 없었고, 드문드문 들렀던 것도 5년이 지난 후에는 대형서점이 동네에 자리하면서 아예 발걸음을 끊게 되었다. 오래된 책의 향기보다는 새 책의 종이 냄새와 잉크가 더 좋은 법이다. 골목의 손님은 많지 않은 편이었는데 그 많은 손님이 어디서 나왔는지, 책방의 소비층이 옮겨갔다기에는 대형서점 안의 사람들은 꽤 많았다.

사려고 했던 문제집을 모바일 서비스를 통해 미리 결제하고 서점에서 받았다. 실습을 끝내고 바로 자격증 시험을 봐야 하기에 공부가 급했다. 물론 회사에 다니면서 실습을 하고 시험을 볼 수도 있었지만 내 최종 목표를 위해서는 많은 공부가 필요했다. 그렇지만 생계를 포기할 수는 없었기에 최대한 돈을 벌며 생계를 유지하고, 실습을 자격시험 바로 전으로 미뤘다. 시험을 바로 뒤로 계획하지 않았더라면 분명 그만두기를 망설였을 것이다. 통장 상황이 좋지 못한 것은 사실이었기에 더욱더 그랬을 것이었다. 그렇기에 나는 그만둔 이 시기를 최대한 활용해야 했다.

서점 구석에 자리하고 앉아 읽고 싶었던 책을 몇 권 가지고 와 책을 읽었다. 방금 공부가 급하다는 사람치고 말과는 모순된 행동이었지만 한동안은 이렇게 여유 있게 서점에 머물 수 없을 것이기 때문에 오늘만은 파업이라는 생각으로 즐기기로 했다. 나는 최근 유행하고 있는 에세이를 펼쳤다.

나를 가장 우선으로 생각하라. 자신이 사랑하는 일을 해라. 이것이 이 책의 주된 내용이었다. 그것이 쉽게 할 수 있는 것이었다면 나는 이렇게 살지 않았겠지. 15년을 아등바등 살아온 것이 억울할 지경으로 쉽게 말하는 책이었다. 조금 삐뚤어지게 받아들이는 것인지는 모르겠지만 나는 이 책이 마음에 들지 않았다. 원하지 않는 학교, 원하지 않았던 학과, 그러나 그 상황에서 만난 사랑하는 사람, 일찍이 찾아온 내가 사랑하는 아이, 그 사람들을 위해서 버린 내 꿈. 그리고 뒤늦게 찾고 있는 내 꿈. 아마도 나는 이 책에서 말하는 바를 찾고 있는 것이겠지. 하지만 살아온 날만큼 그것이 쉬운 것이 아니라는 것은 이미 경험으로 뼈저리게 알고 있었다. 이 책은 조금 더 빨리 도전해 보라는 것을 말하고 싶은 것이겠지. 그렇지만 나를 가장 우선으로 생각하기에는 이미 늦었다. 이 책은 날 위로할 수 없다. 나는 책을 덮었다.

서점을 나와 마트에 들러 파와 마늘, 돼지고기, 고추 등을 담았다. 샴푸, 휴지와 같은 생활용품은 인터넷 주문이 더 싸니 굳이 담을 필요가 없었다. 오늘 집에 가서는 샴푸, 린스를 주문하고, 딸이 지난번에 맛있다고 했던 육개장을 주문하는 것부터 해야겠다고 마음을 먹었다. 내일부터는 실습하러 갔다가 도서관에서 공부할 예정이니 딸의 저녁은 남편의 몫이었다. 사실 남편의 요리는 소금으로 테러가 된 김치찌개가 마지막이었다. 요리할 의지는 있는 남편이었지만 내가 그날 이후로 남편에게 주방의 출입을 금지시켰기 때문이다. 남편을 닮은 것이 분명한 딸도 계란후라이마저 태워 버릴 수 있다는 영광스러운 기록을 남긴 후 같이 금지했다. 그렇기에 냉동 육개장은 나의 구세주였다. 냉동 육개장, 냉동 갈비탕, 냉동 미역국, 냉동 황탯국……. 냉동 만두, 냉동 볶음밥 또한 빼놓을 수 없었다. 인스턴트 음식만 주는 것 같아 미안한 마음이 들었지만 어쩔 수가 없었다. 그래도 인스턴트만 먹을 수는 없으니 대충 3일에 한 번 이상은 음식을 만들어 놓고 가야겠다고 마음을 먹었다.

집 앞 반찬가게에 갔다. 반찬가게만 오면 먹고 싶은 것이 없어져 무엇을 골라야 할지 고민하는 것은 심각한 문제였다. 분명 딸아이가 먹고 싶다고 한 반찬이 있었던 것 같은데 기억이 나질 않았다. 애써 가물가물한 기억을 뒤져 보았지만 떠오르는 것은 역시 없었다. 늘 그렇듯이 남편이 잘 먹는 깻잎 김치와 딸아이가 좋아하는 멸치볶음을 골랐다. 3개 만 원인 반찬가게이기에 마지막 세 번째 반찬으로는 오랜만에 젓갈류로 골랐다. 딸은 젓갈 종류를 싫어했지만, 오징어 젓갈은 내가 좋아하는 반찬 중 하나였다. 늘 딸아이가 좋아하는 반찬으로 고르느라 한동안은 젓갈을 고르지 않았었는데 오늘은 모자란 반찬 수만큼 비엔나소시지도 구워 주어야겠다는 생각이 들었다. 다시 아파트로 돌아와 현관문을 열었다. 헨젤과 그레텔이 흘린 흰 돌멩이처럼 현관부터 아이의 방까지 쭉 이어진 옷가지를 주웠다. 교복 상의에 두고 간 명찰을 꽂고 옷걸이에 걸었다. 교복 치마 밑의 실밥을 뜯어 버리고 구겨진 치마를 펴서 상의 앞에 같이 걸어 주었다. 반찬을 정리했다. 돼지고기를 뜯어 냄비에 부었다. 찌개를 위한 신 김치를 꺼내었다.

붉은빛으로 물들어 가는 노을 앞에 오늘 하루도 끝이 나고 있었다.

❖ ❖ ❖

"시끄러워."

아침 밥상 앞에서 졸린 눈을 반쯤 뜬 딸이 말했다. 탄수화물이 부족하면 머리가 잘 돌아가지 않는다는 것을 생각해서 매일 아침을 열심히 챙겨 먹였는데 딸은 아침부터 뚱한 소리다. 곱게 구워 놓은 고등어를 파헤치는 젓가락이 눈에 들어왔다.

나는 사이버 대학에 입학하면서부터 한 가지 버릇이 생겼는데 바로 아침 밥상 앞에 휴대폰을 올려두고 강의를 틀어두는 것이었다. 학점을 채우기 위해서는 굳이 들을 필요가 없는 강의를 들어야 하는 경우가 생기는데 그런 강의들까지 챙기기엔 바빴다. 또 사이버 대학의 좋은 점이라 하면 시험감독이 없기 때문에 어느 시험이든 오픈북이 가능하다는 것이었다. 결론적으로 그냥 흘려듣기이다. 그렇지만 들어 두면 나쁜 것은 없다고 생각해 일부러 소리를 키워 두고 요리를 하고 설거지를 하고 밥을 먹었다. 그렇게 생활한 지가 벌써 3년이다.

"시끄럽다고."

예전에는 이런 소리 하나 없던 딸이 기분 나쁜 기색을 전혀 숨기지 않고 말했다.

"엄마는 집에 엄마 혼자 있는 줄 알아? 내가 이걸 알아야 해? 제발 좀 아침이라도 조용히 먹자고."

미간을 찌푸리고 내뱉는 말이 아주 가관이다. 최근 예민해지기는 얼마나 예민해졌는지 무엇을 말하려고만 해도 돌아오는 대꾸는 퉁명스러웠다. 아침에 잠도 깨고, 들으면 나쁠 것도 하나 없는데 뭐가 그렇게 불만인지 모르겠다.

"엄마 강의 들어야 하잖아. 너도 잠 좀 깨고 좋잖아. 숟가락 자꾸 코에 가져가지 말고."

"아, 좀. 그냥 거슬린다고. 엄마 공부하는데 나까지 끼우지 말고. 저 아저씨 목소리에 노이로제 걸리겠어."

젓가락을 내던지듯이 내려놓으면서 목소리까지 높이는 모습을 보니 나도 덩달아 화가 났다.

"너는 아침부터 그렇게 화를 내야겠어? 예전에는 엄마가 강의 들어도 뭐라 안 했으면서 왜 요즘 들어서 이렇게 짜증이야? 엄마가 공부하는 게 그렇게 불만이야?"

욱한 마음에 들고 있던 숟가락을 내려놓고 화를 내었다. 열이 오르는 기분에 옆에 놓인 물병을 집어 들었다. 옆에 남편까지 앉아 있었으면 난리가 났겠다는 생각에 일찍이 출근해야 하는 오늘에 감사함을 느꼈다.

"그리고, 요새 왜 이렇게 버르장머리가 없어? 엄마가 네 짜증까지 다 받아 줘야 해?"

딸이 금세 어이없다는 표정을 지었다.

"누가 들으면 내가 매일 짜증만 내는 줄 알겠어?"

"봐 또 그런 표정 짓지. 누가 어른 앞에서 그런 표정 지으래?"

딸의 미간은 풀릴 줄도 모르고 점점 더 깊게 일그러졌다.

"지금 그게 중요한 게 아니잖아. 이제 회사 그만둬서 낮에도 들을 수 있잖아. 왜 그렇게 배려가 부족해?"

"엄마가 온종일 집에만 있으면서 강의 듣는 게 아니잖아. 저번에 네가 두고 간 체육복 가져다 준다고 밖에 나가고, 장 보고 오고, 빨래, 청소, 집안일은 누가 하니? 그렇다고 네가 학교 다녀와서 도와주는 것도 아니고. 집안일 하나하나 다 챙기면서 공부하는 게 얼마나 바쁘고 힘든데 부족한 시간 알차게 사용하려고 지금 이러는 거잖아."

"그럼 공부를 하지 말든가."

"뭐?"

"회사 그만둔 것도 그것 때문이잖아."

갑작스러운 공격에 현기증이 나는 것만 같았다. 반대하는 기색도 없었던 애가 갑자기 왜 그러는지 이해할 수가 없었다.

"엄마, 지금 내 용돈 안 준 지 얼마나 지났는지 모르지."

용돈이라면 월마다 한 번씩 타가면서도 필요할 때는 살살 애교를 피우며 또 타가던 그것이 아닌가. 매번 이런저런 핑계를 가지고 와서는 꽤 많은 돈을 타가던 딸이었다. 어제 남편에게 또 용돈을 달라고 하는 것을 보았는데 지금 이 이야기가 왜 나오는지 알 수 없었다.

"엄마 회사 그만두고 나서 용돈 준 적 없잖아. 이젠 매달 정기적으로 주는 것도 안 주면서."

"요새 엄마 돈 없다고 얼마나 말해야 해? 그리고 어제 아빠한테서 용돈 받는 거 다 봤는데 누가 거짓말하래?"

딸의 눈썹이 크게 움찔거렸다. 역시 거짓말에 소질이 없는 것은 여전하였다.

"거짓말은 아니지. 나는 엄마한테 용돈 받은 적 없다고 이야기했는데."

"이거나 그거나. 그리고 용돈을 받았으면 저축할 생각을 해야지 저번에 또 구두 샀지? 엄마가 모를 줄 알아? 구두에 귀걸이에 조금만 참으면 되는 걸 자꾸 사니까 네가 용돈이 없지."

"엄마가 안 사 주잖아."

"고작 중학교 1학년이 그게 왜 필요해?"

"엄마는 늘 그렇게만 말하지."

"지금 반항이라도 하려는 거야?"

"아, 나도 하고 싶어 하고 싶으니까 하는 거라고."

목소리가 높아지고 점점 내 목소리에도 딸의 목소리에도 짜증이 섞였다.

"엄마가 요새 자중해야 한다고 했잖아. 그런데 자꾸 이거 하고 싶다 저거 하고 싶다. 자꾸 엄마 부담시켜야겠어? 조금만 좀 참아봐.

누가 하지 말래?"

"늘 그런 소리잖아. 조금만 참아라. 엄마 돈 없다. 요새 자중해야 한다. 하지 말라고 안 했으니까 조금만 기다려라. 그래놓고 조금 여유 생기면 어린애가 그게 왜 필요해. 그냥 하지 말라고 이야기하든가."

억울해 죽겠다는 얼굴을 한 딸의 이마를 한 대 쥐어박고 싶어졌다.

"엄마가 돈 없다고 말한 게 거짓말 같아? 너 자꾸 철없이 우길래? 자중해야 해. 엄마 퇴직금 당장 다 써 버릴 일 있어? 이제 중학생이면 제발 철 좀 들어. 어리광 그만 부리고. 한동안 용돈 못 주니까 그런 줄 알고 있어."

딸은 먹던 숟가락을 내려놓고 거세게 일어났다. 의자가 뒤로 넘어갔지만 딸은 이를 무시하고 방으로 들어가 가방을 들고나왔다.

"어디가?! 아직 안 늦었어. 이거 다 먹고 가!"

"아, 안 먹어!"

현관문이 열리고 크게 부딪히는 소리와 함께 문이 닫혔다. 저게 진짜. 이라도 닦고 나가지. 입에서 냄새날 텐데 어떡하니. 파헤쳐진 고등어를 보고 있자니 입맛이 다 떨어졌다. 랩으로 음식을 씌우고 냉장고로 넣었다. 오늘 점심도 남은 반찬으로 해결해야 할 텐데 과연 먹을 입맛이 남아 있을지는 모르겠다.

◈ ◈ ◈

오늘부터 가야 할 실습 장소는 노인 복지 센터였다. 사회복지학과 졸업을 위해서는 아무리 사이버 대학이라고 해도 한 번쯤은 꼭 가야 할 필수코스였다. 나는 드디어 졸업 준비를 거의 다 마치고 실습만을 남겨 두고 있었다. 이 동네에는 보기보다 주민 중 노인 비율이 높았기에 동네 안에서 노인 복지와 관련된 실습 장소를 구할 수 있었다. 아침 9시까지 가야 해서 오늘은 더 일찍 일어나 남편과 아이의 밥을 챙겼다. 아이의 실내화 주머니와 일기예보에 오후 3시에 비가 온다는 내용을 확인하고 우산을 챙겨 주었다. 앉아서 하는 일이 아닌 직접 움직이는 일을 해야 하므로 직장을 다닐 때 입었던 정장 바지는 저리 치우고 꽤 가벼운 차림의 옷을 골라 입었다. 그렇지만 나름의 격식을 차리기 위해 깔끔한 옷으로 골랐다. 딸아이는 새로운 학교에 갔을 때 이런 설렘을 느꼈을까. 오늘은 발걸음이 생각보다 가벼웠다.

실습 장소는 걸어서 약 25분, 실습 확인을 위한 각종 자료를 드리고 인사를 나누었다.

"이지연 씨 맞으시죠? 생각보다 젊으신 분이시네요."

벌써 중학생 된 아이를 키우고 있는 나였기에 젊다는 이야기는 정말 오랜만에 듣는 이야기였다. 사실 아이의 또래 부모 중에서는 젊은 편이 맞았지만 말이다.

"젊다니요, 저희 아이가 벌써 중학생인데."

"아뇨, 실습을 오시는 분 중에 노인 요양사 자격증 따러 오시는 분들도 계시는데 그런 분들은 보통 50대 초반이신 경우가 많거든요. 제2의 인생을 준비하는 분들이랄까요."

이야기를 듣자마자 어제 읽었던 에세이가 생각났다. 자신이 사랑하는 일을 하라. 50대에 제2의 인생이라, 사랑하는 일과는 많이 거리가 멀겠지만 이미 도전하기에는 늦었다고 생각한 내 생각이 새삼스레 부끄러워졌다.

실습은 전반적으로 힘들었다. 집안일과 큰 차이가 없기도 했지만 많은 사람이 이용하는 곳이라 청소도 몇 배나 힘들었다. 가볍게 청소기를 돌리는 일 또한 이용하는 사람의 수가 집의 몇 배이다 보니 상당히 중노동이었다. 노인들의 취업 상담에도 참관하고, 그 외에도 꽤 다양한 프로그램에 참관하였다. 상당히 큰 센터를 골랐고 경쟁률 또한 높은 곳이었기 때문에 걱정했던 것과는 다르게 청소만 한다거나 실습 내용이 없는 경우는 없었다. 그 사이 할머니들 사이에서 내 별명도 생겼다. 일명 예쁜 아가씨, 통칭은 아가씨 선생님. 새삼스럽게 예쁘다는 말을 들으니 저절로 기분이 좋아졌다.

"아가씨 선생님."

처음에는 낯부끄러웠던 이 호칭에도 적응해 이제는 저 호칭만 들으면 뒤돌아 대답했다. 복지 센터에 늘 오시는 분들도 외우기 시작했다. 화투의 달인인 복순 할머니, 복순 할머니에게 매번 지는 바람에 화투판 엎기가 취미가 되어 버린 숙자 할머니, 나를 가장 먼저 아가씨 선생님이라 불러 주신 애자 할머니, 요구르트를 너무 좋아하시는 경숙 할머니, 가장 어린 나이로 아기 취급을 받고 계시는 원숙 할머니 그리고 이 복지관에 나오는 할머니 중 가장 나이가 많으신 영화 할머니까지.

오늘도 화투판이 엎어지는 소리와 이 판은 무효라는 소리가 들려오고 이를 배경음 삼아 식탁에 널브러진 오늘의 간식과 요구르트를 치우고 있던 때에 영화 할머니는 한글을 공부하고 있었다. 밑으로 많은 남동생이 있어서 학교를 제대로 다니지 못하였다는 영화 할머니는 다른 할머니들보다 최소 열 살 이상으로 나이가 많았다. 다들 노인 취업 상담을 들을 동안 영화 할머니는 한글을 공부하시는 듯했다. 초등학교 1학년이 쓸 만한 큰 칸 노트에 여러 단어가 쓰여 있었다.

'감자, 고구마, 카레, 돼지고기, 소고기, 김수혁, 김수경, 김수정, 김수철 …….'

나는 괜히 궁금해져 할머니에게 말을 걸었다.

"할머니, 여기에 쓰여 있는 이름은 누구 이름이에요?"

"우리 아들! 우리 딸! 내가 자식들 이름 정도는 쓸 줄 알아야 하는데……."

"할머니, 할머니 이름은요?"

"내 이름? 당연히 쓸 줄 알지!"

할머니는 다시 연필을 쥐고 글씨를 썼다. 연필에 그려진 로봇들과 어린이 캐릭터들을 보고는 웃음이 났다. 내 기억에 없는 캐릭터들이니 우리 딸 어렸을 때 캐릭터들은 아니고, 아마 최신 유행하는 만화의 주인공들일 것이다. 손자들이 좋아하는 만화인가 하는 생각을 하고 있을 때쯤 할머니가 나를 돌아보았다. 나는 노트를 보았다.

'영화'

나는 할머니에게 잘 쓴다며 칭찬의 말을 건넸다. 그 이후 할머니와 나의 인연은 계속되었다. 나는 센터에 나오는 120시간 중 꽤 많은 시간을 할머니와 함께했다. 할머니는 우수한 학생이었다. 단어를 쓰던 노트에는 제법인 문장들도 눈에 보이기 시작했다.

'안녕하세요.'

'좋은 아침입니다.'

'아침은 드셨나요?'

할머니다운 문장 선택이었다.

'오늘 저녁은 카레입니다.'

제대로 된 문장 구성에 손뼉을 쳤다. 그 이후에 쓰인 문장들에 틀린 단어들을 몇 개 고쳐 드리며 새로운 받침에 대해 알려 드리는 찰나 노트 끝에 쓰인 한 단어에 시선이 갔다.

'이지연'

할머니의 자식들은 죄다 김 씨였으니 이것은 필시 내 이름이다 싶었다. 신이 나서 물었다.

"할머니! 제 이름은 어떻게 아셨어요?"

"으응? 아가씨 선생님도 명찰 달고 다니잖아. 이름 보고 알았지."

다들 아가씨 선생님이라고 부르는 나머지 내 이름을 명찰로 달고 있다는 사실을 잊어 버렸었다. 꽃분 할머니도 나를 이름으로 불러 주신 적은 한 번도 없어서 당연히 모르실 줄 알았는데 그것은 나의 착각이었나 보다.

"할머니, 저 이거 가져도 돼요?"

"갖고 싶어? 새로 써 줄까?"

"아니요. 저는 이 종이가 갖고 싶어요."

할머니는 노트의 귀퉁이를 잘라 나에게 건네 주었다. 나는 명찰에 종이를 끼워 넣었다.

"할머니, 사실 저 오늘이 실습 마지막 날이에요."

할머니는 내 얼굴을 빤히 쳐다보다가 말했다.

"아가씨 선생님 이제 못 보는 거면 더 좋은 거 써 줄 걸 그랬네."

할머니는 다시 시선을 노트로 고정한 채 무엇을 써 내려 갔다.

'아가씨 선생님 그동안 고마웠어.'

하나도 틀리지 않은 그 문장에 나는 가슴이 조금 따뜻해졌다. 그동안이라는 단어는 실습 3일째에 가르쳐 드린 단어이고, 쌍시옷 받침 활용법을 가르쳐 드린 것이 이틀 전인데 이리 문장을 구사하는 것을 보면 할머니는 정말 훌륭한 학생이라는 생각이 들었다.

"할머니, 할머니는 꼭 한글을 유창하게 잘 쓰실 수 있을 거예요. 제가 더 가르쳐 드리지 못하는 것이 너무 아쉬워요."

할머니는 한 번 더 노트를 찢어 나에게 건넸다. 나는 가방에서 사 온 노트를 꺼내 할머니에게 건넸다. 할머니가 쓰던 연필에 그려져 있던 로봇 만화 노트였다. 할머니 손자가 좋아해 주며 할머니께 글자를 가르쳐 드릴지도 모른다. 아니 그랬으면 좋겠다.

"지연 씨, 어디 계세요."

나를 찾는 목소리에 나는 의자에서 일어났다. 다리를 굽혀 할머니와 시선을 맞추고 인사를 건네었다.

"할머니, 정말 고마웠어요."

할머니는 여태껏 보아 왔던 얼굴 중에서 가장 밝은 얼굴로 웃어 주었다.

"나도 고마워. 이지연 선생님."

처음으로 불러 주신 이름이었다. 나는 나를 찾던 담당 복지사분에게 실습을 완료했다는 서류를 받았다. 실습이 끝났다는 것이 갑자기 실감이 났다. 내가 사회복지사가 될 생각이었다면 다시 이곳에 와 일을 할 수도 있었겠지만 내 목표는 여기까지가 아니었기 때문에 조금 아쉬운 마음이 들었다. 이곳에서 보낸 시간은 값진 경험이었다. 본의 아니게도 이곳에서 우수한 한 학생의 한글 선생님이 되었지만 나에게 선생님이라는 것은 멀고도 멀었다. 우수한 학생을 만나서 나도 한글 선생님에 능력이 있는 것이 아닐까 하는 생각이 들 정도였으니 할머니가 어느 정도로 우수한 학생이었는지는 굳이 시험을 쳐 보지 않아도 알 수 있는 사실이었다. 그런 할머니를 딸아이가 초등학교에 들어가기 전 한글을 가르쳤던 그 실력으로 가르쳤다니 할머니에게 너무 죄송할 따름이었다.

건물 밖으로 나가 길을 걸었다. 실습이 끝났으니 이제 진짜 졸업하고, 내 원래 목표로 달려갈 준비를 해야 했다. 그렇지만 일단 먼저 내일 딸의 현장 체험학습 도시락 재료부터 사야 했다. 집 앞 김밥가게 김밥을 담아 주면 싫어하겠지?

❖ ❖ ❖

이 동네에는 딱 하나의 도서관이 있었다. 학교마다 도서관이 있어 학생들은 학교 도서관을 많이 이용하지만, 이 동네에 공립 도서관은 단 한 곳밖에 없었다. 서점이 생긴 이후로 이 도서관에도 책을 읽으러 오는 사람들은 줄어들었지만 넓은 공간의 열람실은 독서실과는 다른 분위기를 풍겨 공부하러 오는 사람들에게는 인기가 많았다. 또 평일에 늦은 시간까지 문을 여는 것 또한 인기에 한 몫을 보태었다.

도서관은 세 개의 강 중 중앙에 위치해 삼수동을 이등분하는 동명강 바로 옆에 있으며 이등분된 마을 중 서쪽 마을에 있었다. 강 바로 옆에 있다 보니 강변 산책로가 함께 있었고, 그래서인지 운동하는 사람들의 휴식처로도 많이 사용되는 곳이었다. 나는 이 도서관을 아이가 어렸을 적 함께 손을 잡고 동화책을 읽어주기 위해서 자주 찾았으며, 이후에는 책을 읽기 싫어하는 아이 때문에 억지로라도 책을 읽히자는 생각으로 추천 도서들을 빌리러 도서관에 들렀다. 즉 열람실에 앉아서 공부하는 것과는 매우 거리가 멀었다. 아이 때문에 어린이 열람실에 자주 있었고, 직장을 다니는 터라 책 읽을 시간이 많이 없었던 나는 책을 사서 모으기만 했지, 일반 열람실에는 발도 들여놓지 않았다. 그러나 현재는 그 말이 무색하게도 일반 열람실을 매일 방문하고 있다.

"엄마 오늘 도서관 가서 저녁 10시쯤에 들어올 거니까 기다리지 말고 아빠랑 육개장 뜯어서 밥 꼭 먹어. 저번처럼 라면 끓여 먹고 밥 먹었다고 거짓말하지 말고. 방금 밥했으니까 오늘 저녁에 얼마나 줄었는지 확인할 거야. 군것질하지 말고. 저번에 또 떡볶이 먹고 와서 저녁 안 먹었잖아. 너 자꾸 그런 식으로 먹으면……."

"악, 잔소리 그만해. 그리고 그렇게 걱정되면 그냥 엄마도 잠깐 집에 와서 같이 밥 먹어."

"여기서 도서관까지 왔다 갔다 왕복 30분이야. 그럴 시간에 한 자라도 더 봐야지. 엄마 합격하는 거 보기 싫어?"

"요새 경쟁률 높은 거 누가 몰라……."

딸은 미간을 엄청나게 구기고는 쳐다보았다. 요새 저 표정을 짓는 일이 얼마나 많은지 차라리 무표정이 낫겠다는 생각이 들었다. 요새 참 버르장머리가 없다.

"그래서, 엄마 떨어질 거라고?"

"아니 그런 의미가 아니라고. 어제 아빠가 냉동 갈비탕 불 올려놓고 까먹어서 국물 다 졸아들었어. 소태 됐단 말이야."

"그럼 네가 잠깐 보고 있었으면 됐잖아. 너 또 휴대폰 하느라 아무것도 못 봤지?"

"아, 아니라고. 진짜로 어제는 숙제하고 있었거든! 내가 하필 피피티 담당이라 진짜 바쁘다고. 그리고 엄마도 사 먹는 것보다 집에서 밥 먹는 게 더 좋잖아. 이번에 도서관 밑에 가게 주인 바뀌었다고 샌드위치랑 다 맛없어졌다던데."

"도서관도 안 가면서 그건 또 어떻게 안대? 그리고 엄마는 허튼 돈 쓰는 일 없이 도시락 싸서 다니니까 걱정 안 하셔도 됩니다. 내일은 엄마가 맛있는 거 해두고 갈 테니까 너무 그러지 마. 아빠가 요리 안 해도 전자레인지로 데울 수 있는 걸로 해둘게."

"약속해 빨리. 손가락 걸고."

딸아이가 건넨 새끼손가락에 손을 걸었다. 아이는 그제야 만족한다는 미간을 풀었다.

"악, 근데 나 늦었어. 지각이야."

"아직 7시 30분인데?"

"오늘 조원 애들이랑 모여서 조별 과제 발표 준비하기로 했어. 안녕!"

"딸! 신발주머니! 안내장!"

"아 맞다. 진짜 갈게!"

운동화를 구겨 신은 딸이 문을 박차고 나갔다. 딸을 배웅하며 손을 흔들고 있던 내 뒤로 남편이 칫솔을 물고 나왔다.

"아직 안 갔네?"

남편은 대꾸도 하지 않고 입을 헹구더니 방안으로 사라져 버렸다. 버르장머리가 없어진 것은 방금 나간 쪽뿐만이 아닌 듯했다. 요새 자기 할 말만 내뱉고 대화를 단절하는 것이 참 꼴도 보기 싫었다. 딸한텐 자상하게 말을 자주 거는 듯한데 딸은 남편이 거는 말에는 대꾸가 없다. 딸이 나와의 대화까지 단절하지 않는 것만으로도 감사하게 생각해야 할 것 같았다.

나는 마지막 한 숟가락을 입에 넣고 밥상을 치웠다. 집을 나서는 남편을 배웅했다. 최근에 일이 많이 힘든 것인지 다크서클이 눈 밑까지 내려와 있었고, 얼굴에는 수척함이 묻어났다. 나는 현관문을 닫고 청소기를 돌렸다. 매일 도서관에서 폐관 시간까지 있다 보니 집에 오자마자 바로 쓰러져 잠드는 경우가 대부분이었기에 집 상태가 말이 아니었다. 원래는 내가 시키면 남편이 빨래와 청소를 하는 편이었는데 집안 상태는 남편이 최근 일이 힘들다는 것을 다시 한번 증명하고 있었다. 원래는 맞벌이로 생활비를 감당했다면 지금은 남편이 전부 감당하고 있으니 충분히 부담될 듯했다. 최근 결제한 비싼 강의를 생각하니 미안한 마음과 함께 조금 더 빨리 합격해야겠다는 생각이 들었다. 내 인생에 공시생이라는 단어가 꼬리표로 붙을 줄은 몰랐는데 아니 꿈은 꿨었지만, 현실이 될 줄은 몰랐다.

빠르게 청소하고 세탁기를 돌렸다. 곧 나가야 하는데 빨래는 많이 밀려 있고 고민하던 찰나에 휴대폰을 꺼내 들었다.

'오늘 학원 안 가는 날인 거 아니까 집에 오자마자 바로 빨래 좀

넣어 줘.'

과연 해 줄지는 의문이지만 말이다.

가방에 문제집을 챙겨 넣고 물 한 병과 도시락을 아이스백에 넣었다. 최근에 도서관에 도시락을 싸서 다니면서 구매한 것인데 디자인이 참 맘에 들고 실용성이 높아 다른 색으로 하나 더 구매하고 싶다는 충동이 드는 물건이었다. 보온 도시락과 같은 것을 썼으면 이런 고민쯤은 할 필요가 없었을 텐데 보온 도시락 하나보다 락앤락 통에 음식을 담고 이 아이스백 하나를 구매하는 것이 더 저렴해 이것을 고르게 되었다. 물론 도시락 전용 통이 아닌지라 냄새가 가끔 났지만, 이는 열람실 밖의 사물함 대여를 통해 해결했다.

여기까지 적응하는데 2주가 걸렸다.

도서관의 개장 시간은 오전 9시. 다른 시립 도서관과 같이 6시, 7시에 여는 도서관은 아니었지만 그렇다고 해서 오전 9시가 늦은 시각은 아니었다. 공부하는 사람들에게 인기가 많은 도서관인 만큼 조금이라도 늦으면 금세 자리가 없어지고 했기에 나는 개장 시간보다 조금 빨리 도서관으로 향했다. 내 지정석과도 같은 곳은 제일 구석의 자리였다. 여러 명이 한 책상을 쓰는 구조이기 때문에 중앙에 앉게 된다면 모르는 사람들 사이에 껴서 공부해야 한다는 불편함이 있어 구석 자리를 제일 선호하게 되었다. 하지만 많은 사람이 구석 자리를 원하기 때문에 이 눈치 싸움이 아침의 가장 고된 일 중 하나가 되었다.

여기까지 적응하는데 3주가 걸렸다.

구석 자리인 만큼 나와 창문의 거리는 불과 일 미터도 되지 않았다. 아침 환기를 위해 열린 창문으로 상쾌한 공기가 흘러들어 왔다.

창가 자리는 이 점이 장점이었다. 하지만 문제는 오후 2시를 넘어가면서 발생하기 시작한다. 아까 설명했듯이 이 도서관은 강변 산책로를 끼고 있어 자전거 타는 사람들과 어린아이들 또는 산책 나온 할머니 할아버지들같이 꽤 다양한 사람들이 이곳을 휴식처로 사용한다는 것이다. 열린 창문 사이로 말소리가 들렸다.

"거 이번에 들었수? 거 김 씨네 양반이 말이야, 이번에 아랫집 사는 허 씨네 할매랑 사귄다는 거 말이야."

귀가 솔깃했다. 원래 어떤 나이든 간에 연애사가 제일 재미있는 법이다.

"김 씨네 양반이면 저번에 그 앞 동 사는 성씨네 할매랑 사귄다고 하지 않았나?"

헤어지자마자 다른 사람을 만나는가 보다.

"글쎄 여기가 가장 중요하단 말이여. 그 성씨 할매랑 헤어지지 않고 지금 허 씨 할매랑 만난다는겨."

환승도 아닌 바람인가 보다.

"세상에, 김씨네도 장난 아닌가벼!"

"근데 여기서 더 중요한 게 뭔지 아는가?"

"거기서 더 중요한 것도 있소?"

"새로 만난다는 그 허씨 할매가 아직 남편이 멀쩡하게 살아 있다는 거요!"

세상에.

"세상에."

순간 밖에서 흘러나오는 소리에 내 속마음이 그대로 튀어나온 줄 알았다. 밖에서 흘러들어오는 할아버지인지 아저씨인지 모르는 남자들의 목소리 덕에 20분이 넘는 시간을 한 페이지만 바라보고 있었다. 저 아저씨들 입담이 참 좋네. 더 들으면 공부를 하지 못하겠다는 생각이 들어 일어나 창문을 닫았다. 슬슬 날이 더워져 들어오는 공기는 후덥지근했기에 오히려 창문을 닫으니 괜찮아지는 것 같았다.

여기까지 적응하는데 4주가 걸렸다.

내가 도서관에 다닌 지도 한 달이 되었다.

❖ ❖ ❖

방학이 왔다. 부모의 시간이란 아이의 밥으로 나눠진다. 즉 방학이라는 것은 쉽게 말해 삼시 세 끼를 모두 챙겨 줘야 하는 시기라는 것이다. 자식이 하나여서 망정이지 여럿이었으면 삼시 세 끼 밥 챙기느라 아침 시간을 다 날렸을 것이다. 직장을 다니던 시절에는 보통 아침을 챙겨 두면 아이가 느지막이 일어나 아침도 점심도 아닌 시간에 밥을 먹었다. 애매한 시간에 식사하였기 때문에 학원을 다녀와서 간식을 사 먹으라고 용돈을 쥐어 주어야 했다. 하지만 지금은 내가 집에서 살림하는 것도 직장을 다니는 것도 이도 저도 아닌 상황이었기 때문에 매우 난감했다. 마음 같아서는 아침 일찍 깨워 밥을 먹이고 점심도 제때 먹이고 싶었지만, 학기 중에도 저녁을 잘 챙겨 주지 못하였는데 방학이라고 해서 못하면 더 못했지 나아질 일은 없을 것 같았다.

남편이 출근하는 시각에 눈을 떴고, 아침을 챙겼으며, 배웅하자마자 딸을 깨웠다.

"하영아, 아침 먹어."

"엄마⋯⋯. 지금 방학인 건 알고 있지? 나 어제 새벽 2시에 잤단 말이야. 조금만 더 자게 내버려 둬."

"그러게, 누가 휴대폰 보면서 새벽까지 놀라고 그랬어? 일어나. 엄마 너 밥 먹는 거 보고 밥상 치울 거야."

"아, 엄마. 내가 먹고 알아서 치울게. 그러니까 그냥 도서관 가."

얇은 이불을 끌어 올려 파묻히는 딸을 보다 이불을 빼앗았다. 여름이라고 가볍고 얇은 소재의 바지를 입었는지 바지는 위로 올라갔고 자면서 많이 굴렀는지 배를 내놓고 있었다. 아무리 여름이라고 해도 이 상태면 분명 감기에 걸리고 말 것이다.

"그러다가 감기 걸려. 빨리 일어나. 엄마랑 도서관 가자."

도서관 가자는 소리에 눈을 살며시 뜬 딸은 볼멘소리했다.

"방학 첫날부터 도서관? 나 공부하라고? 아, 싫어. 진짜 싫어. 겁나 싫어. 엄마 나 1학년이거든. 시험 안 치는 1학년! 공부 안 해도 돼."

말을 하면서 다시 눈을 감는 딸의 등을 내리쳤다.

"악 아파!"

"누가 도서관 가서 공부하래? 책이라도 좀 읽어. 너 책에는 손도 안 대면서. 너 국어 성적 낮게 나오는 거 그거 다 책 안 읽어서 그래. 그리고 엄마랑 점심도 먹고. 나가자. 맛있는 거 사 줄게."

씩씩거리던 딸이 맛있는 것에서 눈을 게슴츠레 떴다.

"엄마, 나 그러면 그거 먹고 싶어. 새로 생긴 그 돈가스 집에 라멘이랑 돈가스."

"여름인데 냉면 같은 건 안 먹고 싶고?"

"아니, 냉면은 면이 질겨서 별로야. 돈가스. 저번에 친구랑 먹어 봤는데 진짜 맛있더라."

딸은 밥 이야기에 덜 뜬 눈을 마저 떴다.

"알았어. 맛있는 거 사 줄 테니까 엄마랑 같이 가는 거야."

이것으로 딸의 점심은 해결이 되었고, 저녁은 아빠랑 먹으라고 반찬이라도 사서 손에 들려 보내야겠다.

딸의 손을 끌고 도서관을 오니 벌써 자리가 좀 차고 난 이후였다. 혼자 준비해서 나오는 것이 아니라 딸이 준비하는 시간까지 기다리다 보니 늘 나오던 시간보다 한참이나 늦은 시간이었다. 늘 앉던 자리에는 처음 보는 학생 하나가 앉아서 휴대폰을 보고 있었다. 저럴 거면 자리에 왜 앉아 있는 거지 싶었다. 구석을 좋아하는 사람들답게 양쪽 끝자리부터 사람들이 자리를 차지하고 있었다. 딸아이를 끌고 가 중앙에 자리를 잡았다. 문제집을 세팅하고 공부를 시작했다. 집중한 지 얼마 되지 않는데 옆자리에 앉은 딸의 손에는 두꺼운 만화책 하나와 로맨스 소설 두 권이 들려 있었다. 나는 포스트잇에 글자를 써서 보여주었다.

'그런 거 말고. 제대로 된 거. 문학이나 추천 도서 읽어.'

딸은 보고 표정을 구기더니 빨간색 볼펜을 들어 글자를 썼다.

'이 소설 진짜 명작인데.'

그러고는 입꼬리를 끌어올려 웃었다. 무언가 생각난 듯 문장을 더 써넣었다.

'이거 엄마가 작년에 나랑 같이 봤던 드라마의 원작.'

작년에 내가 열심히 챙겨 봤던 월화드라마가 생각났다. 그 드라마 본다고 강의 듣는 시간을 관리 못해서 많이 고생하기는 했다. 그렇지만 재미있기는 정말로 재미있었다. 탑 급의 배우들이 등장하는 드라마는 아니었지만, 인지도가 꽤 있는 배우들이었고 연기 또한 수준급이라는 칭찬을 들으며 굉장히 흥행한 드라마였다. 한동안 그 드라마에 빠져 있었던 적이 있었기에 딸아이의 손에 들려 있는 소설책에 눈길이 갔다. 딸은 썼던 포스트잇을 뜯어내고 다음 장에 또 글씨를 썼다.

'엄마도 볼래?'

웃는 딸아이의 얼굴이 악마같이 보이기도 처음이었다.

그 책을 읽었는지 물어본다면 읽었다. 정말 재미있었다. 역시 소설이 원작이라고 하더니 소설의 묘사가 드라마의 장면보다 훨씬 더 생생한 느낌이었다.

"아 너무 재미있었다."

커다란 돈가스 조각을 한입에 넣는 딸 앞에 물 한 잔을 따라 주었다.

"하영이, 너 때문이야. 엄마 결국은 한 자도 공부 못했잖아."

"에이, 엄마도 재미있게 봤으면서. 하루 공부 안 한다고 해서 세상이 멸망하지 않아 엄마."

"지금 너랑 나랑 많이 바뀐 거 같다는 생각은 안 드니, 하영아? 학생인 네가 공부해야지."

나는 일본식 라면을 입에 넣었다.

"나는 아직 1학년! 중학교 1학년! 자유롭고도 자유로운 자유학기제!! 나 시험 안 치잖아. 공부 1년 안 한다고 해서 안 죽어."

"한 학기 노는 순간 다음 학기가 힘들 거라는 생각은 안 하고?"

"엄마, 원래 방학 지나고 오면 다 힘든 거야. 여름 방학 끝나고, 다음 학기는 일단 놀고, 그리고 겨울부터 생각하면 되는 거지. 그리고 내가 알아서 할 거니까 건드리지 마."

웃으며 말하다 마지막에는 또 미간을 좁히는 딸을 보며 웃음을 흘렸다. 역시 못 미덥다.

"그래도, 공부해야 선택지가 넓어진다는 건 알고 있지? 아직은 꿈이 없어도, 네가 하고 싶은 게 생길 수도 있잖아."

"나도 나름 잘하고 있어."

"그래서 방학 계획은 있고?"

"알아서 뭐 하게. 또 잔소리하려고 그러지?"

삐딱하게 말하는 딸을 게슴츠레 바라보았다.

"엄마랑 계속 도서관 다닐래?"

"싫어. 나 앉아 있는 건 더 못해. 일단 지금은 학원이랑 방과 후 방학이니까. 다음 주부터는 방과 후 갔다가 친구랑 같이 밥 먹고 학원 갈게. 저녁은 아빠랑 먹고."

"점심 도시락 싸 줄까? 친구랑 먹을래?"

"아니. 용돈 올려줘."

딸의 당당한 요구에 어이가 없었지만 알아서 해결한다는 모습에 알겠다고 약속해 주었다. 선택지가 넓게 퍼진 나이인 만큼 하고 싶은 것 잘할 수 있는 것 부담 없이 지원해 주고 싶은데, 저렇게 철없게만 나오니 안타까울 뿐이었다. 하지만 말대로 아직 열네 살. 늦기는 무슨, 아직 이르고도 일렀다. 어린 시절의 나는 딸아이처럼 하고 싶은 것이 없었고, 그렇기에 노력할 이유를 못 찾았었다. 고등시절은 등록금에 대한 의무감에 공부했지만 좋아하지 않는 것들만 반복할 뿐이었기에 제대로 된 선택 같은 것은 내 인생에 없었다. 뒤늦게 이 일이 하고 싶다고 여겨 공부하고 있을 뿐이었다. 이 일이 하고 싶어진 이유도 굉장히 단순했었다. 뉴스를 보면서 저럴 바에는 내가 일하고 말지 하고 결심한 것이었나? 또 굉장히 불안한 직장이었기 때문에 안정적인 직장을 원했고 그래서 나온 결론이 지금 공부하고 있는 사회복지공무원이었다. 실습을 다니면서, 공부를 하면서 굉장히 매력적인 직업이라는 것을 느꼈기에 지금은 상당히 내가 좋아하는 일이라서 하고 싶다고 말할 수 있지만 시작한 이유는 너무 단순하기 그지없었다. 단순하게라도 아무것이나 시작해 보는 것 또한 좋은 일이라는 생각이 든다. 도전이라는 것은 그런 것이니까.

일본식 라면의 국물을 떠먹는 딸의 머리를 쓰다듬어 주었다. 책을 조금 좋아해 보면 좋을 텐데. 그 안에서 많은 것들을 발견할지 누가 알까. 나름대로 책을 좋아하는 나와는 많이 다른 아이였다. 굳이 서점이나 도서관에 풀어 두면 꼭 만화책 칸이나 로맨스 소설 칸 아래에 앉아 있고 말이다. 심지어 로맨스 소설도 미디어를 통해 미리 접한 것들만 읽고 있다. 이래서 도서관을 데리고 다닐 수가 없어. 그나마 어릴 때는 주는 추천 도서들은 잘 읽었던 것 같은데.

딸은 눈을 깜빡이며 말했다.

"엄마, 안 먹어?"

"헉, 너 언제 이만큼이나 먹었어? 안 돼. 이제 돈가스 먹지 마. 엄마 거야."

"와, 치사해."

딸이 수저를 다시 들었다.

특별할 것 없는 여름 방학이었다.

◈ ◈ ◈

아이는 학교로 돌아갔다. 그리고 나 또한 첫 번째 시험을 치렀다. 이번 시험은 물론이지만 포기였다. 아직 문제집 한 번 못 본 과목들도 있었고, 공부한 몇 과목 또한 완벽하지 않았으니 내년 3월의 시험을 목표로 하는 것이 올바른 선택이었다. 이번 시험은 시험장의 분위기를 알아보고자 한 번 연습 시험으로 응시해 본 것이다. 왜 그렇게 어렵다고 하는지 알 것만 같았다. 영어 지문과 국어 지문을 제대로 읽지도 못한 채 시험 시간이 끝났고, 그나마 내가 강의를 들으며 공부했던 복지 과목만 제대로 풀 수 있었다. 앞으로 7개월, 7개월 안에 준비를 끝낼 수 있을지는 의문이었지만 그런 고민할 시간조차 아까웠다.

도서관 내의 분위도 약간은 변화가 있었다. 대대적으로 시험이 한 번 지나갔기 때문에 매번 내 앞자리에 앉아 있던 경찰공무원 준비생은 더 보이지 않았다. 합격해서 더 공부를 하지 않는 것인지 포기를 한 것인지 아니면 장소가 맞지 않아 독서실로 옮긴 것인지는 잘 모르겠지만 어찌 되었든 간에 변화가 생긴 듯하였다. 뒷자리 공인중개사를 준비하던 아저씨도 사라졌다. 어디로 갔는지는 몰라도 도서관 안에는 없었다. 또 내 대각선 자리의 나와 같은 과목을 공부하던 여자 또한 사라졌다. 늘 도서관에서 살고 있기에 독서실로 옮기지는 않았을 것이고 그렇다면 합격을 했다는 것인데, 내가 풀지 못하였던 문제들을 모두 풀고 합격하였다니 자리를 떠난 그 여자가 한없이 부러워졌다.

빈자리들은 금세 주인을 찾았다. 터줏대감과도 같은 도서관 단골들은 구석진 공인중개사 아저씨의 자리와 경찰공무원 준비생의 자리를 차지하기 위해 다시 아침부터 눈치 싸움을 감행했고 그 사람들의 빈자리를 새로운 도서관의 고객들이 자리를 채웠다.

그리고 내 대각선의 빈자리에도 드디어 새로운 손님이 등장하였다. 꽤 나이가 있어 보이는 할머니였다. 점심을 먹기 전까지만 해도 잠깐 신문을 보았던 한 남자를 제외하고는 아무도 앉아 있지 않았는데 어느새 오랫동안 자리할 듯 물건을 펼쳐 놓은 것이 한동안 이 자리의 고정된 주인이 될 듯하였다. 할머니의 물건을 보니 한글을 공부하고 있는 것처럼 보였다. 문득 몇 달 전 실습 장소에서 만났던 꽃분 할머니가 생각났다. 할머니는 계속 한글을 공부하고 계실까? 포기하지 않고 끝까지 배웠으면 좋겠는데. 이런 생각을 하며 나는 자리에 앉았다. 어제 미뤘던 집안일들을 저녁 시간 안에 끝내기 위해 무리했더니 오늘 아침은 유난히 피곤하였다. 평소에는 오전 시간에 조는 일은 잘 없었는데 오늘은 어느 순간 정신을 잃어 고개를 열심히 흔들고 있었다. 입가에 침까지 묻어 있는 것을 보자니 내 자리가 구석인 것에 매우 감사해졌다. 결론적으로 오늘은 오전에는 목표 분량까지 해내지 못했다는 것, 한시가 급해졌다. 빠르게 지문을 읽어 내려가는 찰나 말소리가 들렸다. 고개를 들어서 창문이 열려 있는지 확인했다. 예전에는 아저씨들의 대화가 자주 들렸었는데 요새는 아줌마들 이야기가 더 자주 들렸다. 옆집 사는 아줌마 아들이 이번에 서

울대를 갔다는 것부터 시작해 전 회사 동기였던 누구네 아들이 사관학교를 갔다는 이야기까지 스캔들과 같은 내용은 아니었지만, 은근히 도움이 되는 이야기들이었다. 하지만 창문은 닫혀 있었다. 즉 밖에서 떠드는 목소리가 아니라는 것. 나는 소리가 나는 쪽으로 고개를 돌렸다. 역시나. 어제까지는 없던 일이었는데 그럼 그렇지. 오늘 새롭게 변화한 일이라면 무엇이겠는가. 대각선 자리의 새로운 할머니가 왔다는 것, 소리의 주인은 할머니였다. 공부하면서 중얼거리는 것이 버릇인 것 같은 할머니는 도서관이라는 것을 의식해서인지 목소리는 그렇게 크지 않았지만 웅얼거리는 소리는 충분히 공부하는 사람들에게 방해될 정도였다. 나만 그렇게 생각한 것이 아닌지 주위의 사람들이 할머니들을 돌아보는 것이 보였다. 정말 지뢰 밟았다. 내 자리는 명당 중에서도 명당이었기 때문에 옮기기 매우 아까운 자리였다. 나는 이 자리를 놓치고 싶지 않았다. 그렇다면 강의라도 들어야지 하는 마음으로 이어폰을 찾았지만, 오늘 내 가방에는 이어폰이 존재하지 않았다. 까먹고 챙기지 않은 것은 내 실수였다.

내가 많이 예민한 것인지 집중이 잘되지 않았다. 거슬리는 말소리가 잠이 부족한 나의 심기를 건드렸다. 필통 안에 넣고 다니는 포스트잇을 꺼내 들었다.

'공부에 방해가 됩니다. 조용히 좀 해 주세요.'

종이를 뜯어 어떻게 자연스럽게 올려 둘 수 있을까 고민하던 찰나에 할머니가 자리에서 일어나 화장실로 향했다. 좋은 타이밍이었다. 자리에서 일어나 책을 가지러 가는 척 멀리 갔다가 책 한 권을 들고 자리로 돌아왔다. 들고 온 책은 지난번 딸이 읽던 만화책이었다. 돌아오는 길 자연스럽게 할머니 자리를 지나며 포스트잇을 올려 두려고 했다. 그러던 찰나 할머니의 노트에 한 문장이 보였다.

'내일 오후에 뵈요.'

'뵈요'가 아니라 '봬요'이다. 예전에 영화 할머니의 한글 실력보다 훨씬 더 좋은 실력이었지만 기왕 배우는 거 제대로 알아야 한다는 생각이 들었다. 손에 있던 볼펜으로 한 줄 더 써넣었다.

'+그리고 '뵈요'가 아니라 '봬요'예요.'

이런 오지랖을 부려도 될까 싶었지만 뭐 어떻게든 되라는 심정이었다. 포스트잇을 붙이고 자리로 돌아왔다. 이제 공부를 할 수 있겠다는 생각에 다시 지문을 읽어 내려갔다. 역시 지문 중에서도 고전 지문은 풀 게 못 된다. 할머니가 자리로 돌아오는 것이 눈에 보였다. 포스트잇을 들어 올려 글의 내용을 확인하는 것까지 곁눈질로 본 나는 다시 문제집에 시선을 고정하였다. 이제 한시름을 놓을 것 같았다.

❖ ❖ ❖

"이거 그쪽이 적었슈?"

"네?"

망했다. 나인 줄 모를 거라고 생각했는데 할머니는 생각보다 눈치가 빠른 사람이었나 보다. 한소리 하시려나? 도서관을 아가씨가 전세 냈슈? 하고 소리 지르시는 건 아닐까 몰라. 여기는 열람실 안이 아니었으니 당연히 그럴 가능성이 있었다. 소리 지를 확률이 30%, 훈계할 가능성이 30%, 잔소리할 가능성이 30%, 아니 훈계와 잔소리는 비슷한 거니까 합쳐서 60%…….

"이것도 좀 알려 주쇼. 내가 약과 하나 더 줄랑께."

반문하고는 당황해서 아무 말도 못 하는 나에게 할머니는 약과와 종이 한 장을 내밀었다. 노트를 찢어 만든 종이에는 3분의 1 크기로 자리하고 있는 삐뚠 글씨가 눈에 보였다.

"알려 줘서 고맙다는 의미니까 약과는 일단 받아유."

할머니에게서 종이와 약과를 받아들었다. 틀린 받침을 알려 드렸다. 문득 다시 꽃분 할머니에게 알려 드렸던 때가 생각이 났다.

"앞으로 자주 물어봐도 괜찮슈?"

얼떨결에 괜찮다고 대답해 버렸다. 할머니는 푸근하게 웃으며 약과를 한 개 더 챙겨 주셨다. 할머니는 열람실 안으로 들어갔고 나는 손에 들려 있는 약과를 하나 까서 입에 넣었다. 많이 좋아하지 않는 간식이었지만 왠지 오늘은 맛있었다.

이것이 대각선 할머니와 나의 인연이었다.

◈ ◈ ◈

여느 때와 다름이 없는 날이었다. 나는 다시 한글 선생님이 되어 있었다. 하루에 한 질문, 많이는 세 질문까지 매번 점심을 먹고 열람실로 올라오면 내 자리에는 큼지막한 종이가 하나씩 올라가 있었다. 어떨 때는 일력의 뒷부분이었고 어떨 때는 큼지막한 초등학생 노트였다. 처음에는 평소의 내 글씨처럼 작은 글씨로 답을 써 드렸더니 할머니가 다시 종이를 건네주며 말했다.

"내가 눈이 침침해서 잘 안 보이는데 다시 써 줄 수 있슈?"

다시 보니 할머니의 눈에는 오래된 돋보기안경이 올라가 있었다. 지난번 보았을 때는 안경을 쓰고 있지 않아 잘 몰랐는데 큰 글씨는 서툰 한글 탓보다 눈이 안 좋았던 탓이 더 큰 것 같았다. 나는 웃으며 큼지막한 글씨로 다시 답을 써 드렸다. 종이에만 써서 답을 드릴 생각이었지만 열람실 밖까지 따라 나오셔서 물어보셨으니 말 설명도 붙여 알려 드렸다.

그런데 오늘은 할머니가 종이를 올려놓지 않으셨다. 자리에 노트와 연필 등이 놓여 있는 것으로 보아 오지 않은 것은 아니었다. 그러던 찰나 도서관 사이를 어슬렁거리며 돌아다니는 할머니가 눈에 보였다. 방금 점심을 먹고 열람실로 들어온 나는 방금 그 광경을 처음 보았지만, 주위의 사람들이 힐끔힐끔 쳐다보는 것을 보아 돌아다닌 지는 조금 된 것처럼 보였다. 계속 왔다갔다하는 것이 주위 사람들에게 피해를 주는 것 같아 나는 할머니에게 다가가 열람실 밖으로 이끌었다.

"혹시 무슨 일 있으세요? 도서관에서 계속 돌아다니면 사람들에게 피해 줄 텐데요."

할머니의 표정은 눈썹이 잔뜩 일그러져 매우 비통해 보였다. 그러고 보니 처음 만났던 그 날처럼 할머니의 콧등 위에는 안경이 없었다. 책상 위에도 안경이 없었는지 기억이 잘 나지 않았다. 나는 물어보았다.

"할머니, 혹시 안경 잃어 버리셨어요?"

쉽게 요약해 할머니는 어제 안경을 잃어 버리셨다. 매우 중요한 물건으로 잃어 버려서는 절대 안 된다는 것이었다. 어제 잃어 버린 안경이었다면 분명 사서가 문을 닫기 전 한 번 확인할 당시에 발견했을 가능성이 높았다. 누가 훔쳐 갈 가능성 또한 무시할 수 없었지만, 어느 누가 오래된 돋보기안경을 훔치겠는가. 만약 누가 발견했다면 분명 데스크에서 보관하고 있을 것이었다. 나는 할머니의 손을 잡고 웃으며 말했다.

"할머니, 잠시만 기다려 주세요."

나는 열람실로 들어가 데스크로 향했다.

"분실한 물건이 있어서 그런데요. 어제 잃어 버렸고, 조금 오래된 돋보기안경인데 혹시 보셨나요?"

"아, 물건 주인이신가요? 어제 분실물로 받았었는데 주인을 찾아서 다행이네요."

사서는 옆의 서랍을 열어 분실물이라고 포스트잇이 붙여진 돋보기안경을 건네주었다. 나는 이것을 들고 다시 열람실 밖으로 나갔다.

"할머니, 이 안경 맞죠?"

"어이구 세상에, 이걸 어디서 찾았슈?"

"분실물로 보관하고 있었대요, 누가 분실물로 신고해 줘서 다행이에요."

"이걸 고마워서 어쩌, 보답을 뭐로 해야 하나……."

데스크에 가져다 준 사람에게 보답해야 하는 게 아닐까 하는 생각이 들었지만, 어차피 찾지도 못하는 사람인데. 나는 조금 양심 없는 말을 뱉었다.

"정 고마우시면 전에 주셨던 약과 챙겨 주세요."

나는 웃으며 다시 열람실 안으로 들어갔다. 며칠 후 받은 약과 한 상자가 딸의 한 달 치 간식이 된 것은 그 이후의 일이었다.

❖ ❖ ❖

9월 중순이 되었다. 이맘때가 되면 도서관은 늘 사람이 붐볐다. 중간고사를 앞둔 학생들이 모여들었기 때문이다. 오후 4시부터는 교복을 입은 학생들이 단체로 몰려들었다. 이맘때가 가장 불편한 이유는 사람들이 많아 소란스러운 것은 물론이고 자리 또한 모자라는 일이 다반사였다. 자리가 없어서 멀리 따로 앉은 중학생들이 일어나 한자리로 모여 문제를 물어보는 일도 있었으며 자기들끼리 자리에 앉아 휴대폰을 보며 키득거리기도 했다. 도서관이라는 자각이 있는 것인지 갑자기 일어나 걸어가서는 다른 친구를 건드려 인사하기까지. 민폐도 이런 민폐가 없었다. 이야기할 거면 나가서 이야기하지 조용한 도서관 곳곳에서 키득거리는 소리가 울려 퍼졌다. 슬슬 짜증이나 지적하고 싶은 마음도 굴뚝 같았지만 지적하기 위해서는 저 많은 아이에게 포스트잇을 돌려야 한다. 나는 그런 수고는 하고 싶지 않았다. 사서가 어서 빨리 지적해 주길 바랄 뿐이었다.

오늘 나는 처음으로 딸아이의 학교로 향했다. 나는 직장을 다니느라 초등학교 졸업식과 입학식을 제외하고는 한 번도 딸의 학교 행사에는 참여해 본 적이 없었다. 그런데도 딸은 서운해하지 않았고 나이를 먹은 이후로는 오겠다는 말에 경기를 일으킬 정도로 싫어했다. 하지만 오늘은 어쩔 수가 없었다. 오늘은 학부모 상담 날이기 때문이다.

도서관에서 오전 시간을 보낸 다음 점심을 먹고 다시 공부했다.

오후 3시쯤 나는 자리를 그대로 두고 귀중품만 챙겨 밖으로 나왔다 딸의 학교로 걸어갔다.

"하영이 어머님 되시나요?"

"네, 김정현 선생님이신가요?"

처음으로 학부모 상담을 해 보았다. 별 내용은 없었다. 딸의 평소 학교생활이 어떤지, 꿈이 무엇인지, 친구 관계는 어떤지. 역시 아직 중학교 1학년이라서 진로와 관련된 이야기는 얼마 하지 않았다. 딸은 집에서 보는 모습보다 훨씬 성실한 학생이었지만 크게 무엇을 잘하거나, 먼저 나서서 무언가를 해내거나 하는 적극적인 아이는 아니었다. 믿음이 가지 않았던 성실하단 말을 인증받았으니 그것만으로도 다행이었다. 흔히 말해 사춘기는 집안 한정인 듯했다. 그렇지만 크게 아무 문제가 없으니 그걸로 된 건지 딸의 소극적인 태도에 아쉬워해야 하는 건지 의문이 들었다. 뭐 어린 시절의 나 또한 적극적인 아이가 아니었기 때문에 크게 놀랍지는 않았다. 하지만 역시 어린 시절의 나와는 닮지 않았으면 했는데 나중에 시간이 지나서 방황하는 것이 아닐까 새삼스레 걱정되기 시작했다. 뒤늦게 후회만 하지 않았으면 하는데. 지금 걱정해 보아야 해결되지 않는 이야기이기 때문에 나는 생각을 마무리하고 자리에서 일어났다.

"감사합니다, 선생님."

"안녕히 가세요, 어머님."

학부모 상담을 마치고 문을 열고 나오는데 문 옆의 벽에는 이어폰을 낀 채 휴대폰을 보고 있는 딸이 있었다.

"왜 여기 있어? 방과 후는?"

"방과 후 끝났어."

"엄마 바로 도서관 가서 공부할 건데. 같이 가려고?"

"오늘도 공부할 거야? 나 밥 사 주면 안 돼?"

생각해 보니 오늘은 남편이 회식이 있다며 늦게 들어온다고 했었던 것 같았다.

"그럼 엄마랑 같이 저녁 먹고 갈까? 뭐 먹고 싶은 거 있어?"

"찜닭, 찜닭 먹고 싶어."

딸아이와 함께 학교를 나서 음식점으로 향했다.

"그래서 우리 담임이랑 무슨 이야기했는데?"

"네 이야기."

또 그 표정이다.

"그럼 네 이야기 말고 대체 무슨 이야기를 해? 너 학교에서 잘 지낸다고. 아무 문제 없이 성실하게 잘한다고."

"그게 다야?"

"왜? 너 혹시 엄마한테 비밀로 하고 사고 치는 거라도 있어?"

표정이 더 구겨졌다.

밥을 먹고 나니 벌써 저녁 6시를 조금 넘기고 있었다. 잠깐 마트에 들러서 내일 아침 찬거리를 사서 딸 손에 들려 보내고 다시 도서관을 가면 저녁 7시를 가뿐히 넘길 것만 같았다. 빨리 자리에서 일어났다.

도서관에 도착해 열람실에 들어가서 어서 내 자리를 찾았다. 큰 귀중품은 없었지만 많은 문제집과 필기구를 두고 오랜 시간을 비웠기 때문에 조금 불안한 마음이 들었다. 역시나 중간고사를 앞두고 있어서인지 유난히 중학생들이 많이 보였다. 내 자리를 찾아 다가가니 자리에 놓아두었던 문제집과 필통은 사라지고 웬 교복 입은 한 학생이 엎드려 잠을 청하고 있었다. 머릿속이 텅 빈 기분이었다. 내 짐은 어디로 사라졌는가. 또 내가 치우지 않았는데 이 학생은 왜 이 자리에 앉아 있는가. 혹시 몰라 주위를 살펴보았다. 그러나 내 짐으로 보이는 물건은 찾아볼 수 없었다. 그러다 문득 도서관의 규칙이 한 줄 생각났다.

자리를 오랫동안 비우면 사서가 와서 자리를 치운다는 규칙. 나는 데스크로 향했다. 나를 본 사서가 물었다.

"혹시 창가 쪽 가장 끝자리에 앉아 계셨던 분인가요?"

"네, 혹시 제 짐이 어디 갔는지 알 수 있을까요?"

"짐은 저희가 보관하고 있었어요. 요즘 시기에는 많은 분이 이용하시기 때문에 그렇게 오랜 시간 동안 자리를 비우시면 곤란해요. 다른 분들이 자리를 사용할 수 없으니까요."

내가 꽤 오랜 시간 동안 도서관을 다녔는데 이런 일은 처음이었다. 진짜로 사서가 짐을 치울 줄은 상상도 못했다. 나는 짐을 받아 들고 문제집을 확인했다. 한 권, 두 권, 세 권, 책 수와 필통, 마지막으로 충전기까지 멀쩡하게 잘 있는 것을 확인하고는 주위를 둘러보았다. 한자리도 남는 자리가 없었기 때문에 강제로 귀가할 수밖에 없었다. 열람실 밖으로 나가려는 찰나 내 자리에 앉아 있던 중학생이 눈에 들어왔다.

저렇게 잠을 잘 바에는 집에 가서 자지. 괜히 공부한다고 와서는 놀고 가고. 사람들 자리도 빼앗고, 말이다. 꽤 깊게 잠들었는지 미동도 없는 교복 입은 등이었다. 자세히 보니 딸이 다니는 중학교의 교복이었다. 중학생이 공부해 봤자 얼마나 한다고. 분명 평소에는 놀다가 시험 기간이 되어서야 위기감을 느끼고 온 것일 것이다. 잠을 청하고 공부를 하러 도서관에 왔다는 뿌듯함으로 돌아가겠지. 실로 한심해 보이는 자태였다. 자리를 빼앗겨 기분이 나빠진 채로 나는 해가 지는 길을 따라 집으로 향했다.

집에 오니 딸아이는 휴대폰을 하다가 잠이 들었는지 손가락 사이에 휴대폰이 위태롭게 걸린 채 흔들리고 있었다. 이것도 참 묘기라면 묘기인데 말이다. 집에서라도 마저 공부하자 싶어 거실 식탁에 앉아서 강의를 크게 틀었다. 도서관에서 강의를 듣다 보니 이어폰과 한몸이 되어 최근에는 귀가 자주 아팠다. 평소 노래도 잘 듣지 않는데 이어폰을 꽂고 있자니 나름의 고역이었다. 강의 소리가 너무 컸는지 딸이 자다 일어나 비척비척 거실로 걸어 나왔다.

"왜 벌써 왔어?"

"자리를 뺏겼어. 네 또래 같던데 책상에 엎어져서 자고 있더라. 애초에 공부를 하지 말 거면 오지를 말던가. 왜 그러는지 몰라."

내 말에 딸의 졸린 얼굴이 의문으로 물들었다.

"언제는 나보고 자도 좋으니까 공부하라는 시도라도 해 보라고 했으면서……."

내가 그런 말을 했나?

"엄만 내가 공부하러 간다고 도서관 가는 것만으로도 잘했다고 칭찬해 줄 거면서."

물론이나마 공부하러 간다고 한다면 대견하다고 칭찬해 줄 것이다. 딸이 다시 말했다.

공부하려고 시도했다는 게 중요한 거 아니야? 잠깐 자는 것뿐일 텐데 그럴 수 있지……. 아, 근데 자리 뺏은 건 좀 너무했네."

딸은 냉장고로 걸어가 사 준 기억이 없는 아이스크림을 물고 나왔다. 기분이 좋지 않은 상황에 내 편을 들어주지 않은 것은 조금 속상했지만, 딸의 말에는 틀린 점이 없었다. 그 아이가 아닌 내 딸이 평일 그것도 학교를 마친 방과 후에 도서관에 앉아 공부하다 피곤해서 잠깐 눈을 붙인다니. 충분히 칭찬해 주고도 남았을 것이다. 새삼스레 그 아이를 아니꼽게 바라봤던 것이 미안해졌다.

"기왕 일찍 온 거 그만 보고 일찍 자. 어차피 우리 학교 온다고 공부 많이 못했을 거면서."

"그런 생각할 때 한 자라도 더 봐야 하는 거야. 네 입으로 공부하려고 시도했다는 게 중요한 거라고 했으니 너도 이리 와서 앉아봐. 공부하려고 시도한 게 중요한 거잖아."

"싫어."

방안으로 사라진 딸은 문을 닫고 자취를 감췄다. 어딜 봐서 성실한 학생이라는 것인지 알 수가 없었다. 집 안과 밖이 다른 대표적인 예인 것일까. 나는 다시 문제집으로 시선을 고정했다.

❖ ❖ ❖

시간이 흘렀다. 벌써 쌀쌀하고 건조한 날씨에 긴 팔의 옷들과 잠바를 꺼내 입을 계절이었다. 나는 허리를 받치는 쿠션에 더불어 극세사 담요까지 들고 다니기 시작했다. 도서관은 역시 사물함도 매일매일 갱신이다 보니 이 모든 것을 무겁게 들고 다녀야 한다는 것이 단점이었다. 공부 또한 이제 끝을 본 과목도 한두 과목씩 생기기 시작했다. 아직 영어와 국어는 끝과 거리가 멀었지만, 역사나 복지 과목은 자신이 생겼다. 영어 지문만 잘 읽어 보자. 영어만, 제발 영어만! 왜 영어를 포기하면 인생이 힘들어진다고 하는지 삼십 대 중후반이 된 지금에야 알게 되는 것은 조금 가혹하였다.

중간고사가 끝나고는 한가한가 싶었는데 여전히 학생들의 수에는 변함이 없었다. 어수선한 분위기이지만 나는 급한 마음에 열심히 계획을 따라갔다. 여전히 할머니와는 질문과 답을 주고받았다. 내 자리를 빼앗았던 그 아이는 그 이후로도 자주 보였다. 내 앞자리는 한 번 바뀌었다.

그동안 도서관에 아예 나오지 않은 주도 있었다.

내가 무엇을 위해 노력을 하는 것인지 의문이 들었다. 미래의 내가 편할 직업이었다. 물론 하고 싶은 일이기도 하였다. 그렇지만 이렇게까지 노력해서 되지 않는다면? 공부에 한번 슬럼프가 오니 이런 생각 또한 서슴없이 들었다. 어차피 120시간 수료한 후에 졸업장도 가지고 있을 터인데 굳이 이렇게까지 노력할 필요는 없지 않을까? 하는 생각이 들었다.

도서관에 나오지 않은 이유는 감기였다. 비가 오는 날 우산을 들고 오지 않았다. 처음에는 보슬보슬 내리던 비가 집까지 오는 길 길지 않은 시간에 비는 억세게 내리기 시작했고, 집 앞까지 3분을 비에 쫄딱 젖어서 왔다. 최근 공부 시간을 늘렸더니 체력은 한계에 서 있었다. 결국은 앓아누워 3일을 집에 누워만 있었더니 몸이 괜찮아져 다시 움직일 정도가 되었음에도 불구하고 도서관으로 발걸음하지는 않았다.

한 번을 해내면 두 번은 쉬운 일이었다. 사흘이 나흘이 되고 닷새가 되고 일주일이 되었다. 일주일 동안 아무것도 안 한 것은 아니었다. 오랜만에 딸아이의 간식을 만들어 주고 영화도 보러 갔으며 한동안 가지 못했던 서점에 가서 책도 구매하였다. 문제집이 아닌 다른 책들을 구매한 것도 정말 오랜만이었다. 장을 보는 대신에 배달 음식을 먹었다. 계속해서 밥과 반찬으로만 싸서 다녔던 도시락만 먹었더니 오랜만에 먹은 배달 음식은 가히 자극적인 맛이었다. 맛있었다는 말이다. 한동안 문제집을 펴지 않은 것이 죄책감이 들어 카페에 갔다. 카페에 나오는 음악 소리를 들으면서 공부를 하려니 손에 잘 잡히지 않았다. 노래를 듣는 것과는 거리가 먼 나는 최신곡들은 당연지사로 몰랐으며 나의 학창 시절 노래조차 잘 몰랐었다. 그런데 노래가 흘러나오고 사람들 말소리가 가득한 곳에 앉아 있으려니 도저히 공부할 수가 없었다. 결국은 포기하고 공부하려고 시도한 것에 의의를 두기로 했다.

일주일째 되던 날, 눈을 뜨고, 전쟁 같은 아침이 지나고 혼자 집안에 남았을 때. 나는 가만히 텔레비전을 켰다. 불과 일주일 전만 해도 바쁘게 청소하고 짐을 싸서 밖으로 나섰지만, 지금은 아무것도 하고 싶지 않았다. 텔레비전을 돌리던 도중 아침 방송을 보았다. 아침 방송을 마지막으로 본 것이 오 년 전 연차를 내었을 때이였던 것 같았다. 아침 방송은 자극적인 내용을 포함한 아침드라마와 자극적인 내용을 전혀 포함하지 않은 토크쇼가 대부분이었다. 아침드라마에서 재벌 집안의 아들이 가난한 집안은 여주인공에게 고백한 후 대

차게 빰 맞는 것까지 본 나는 채널을 돌렸다. 뭐 부모님의 원수라니 언제 적 패턴인지 너무 뻔하기 그지없었다. 돌린 채널에는 토크쇼가 나오고 있었다. 푸근하게 생긴 아주머니가 나와 자신의 이야기를 했다. 젊은 남자 다섯이 나와 자신들의 창업 성공 비결을 말하고 있었다. 칠십 대 할아버지가 나와 자신의 젊음 비결을 말하고 있었다. 다들 열심히 사는 사람이었다. 즐거워 보였다.

지금 내가 필요한 것이 무엇인지 생각해 보았다. 텔레비전에 나오는 다섯 남자처럼 꿈을 함께 이뤄줄 동료가 필요한 것일까. 푸근한 아주머니처럼 나만의 사업을 진행해야 할까. 칠십 대의 할아버지처럼 목표를 이루어야 할 이유가 필요한 것일까. 감이 오지 않았다. 세웠던 목표들은 일주일 만에 무너졌다. 안일한 마음이었을까. 한동안 바쁘게 살다가 잠깐 해이해진 것뿐일 텐데 느껴지는 공허함은 배로 다가왔다.

할 일 없이 앉아 있는 것 또한 공허함을 배로 증가시켜 주었다. 창문 사이로 들어오는 햇살이 뜨거웠다. 텔레비전을 끄고 보니 정적이 맴돌았다. 밖에서 자동차 소리가 들렸다. 주차하는 소리가 생각 외로 경쾌했다.

무엇을 위해 달려왔는지 생각했다.

공부에 흥미가 없어 학교생활은 흐지부지. 열심히 책상에 엎어져 있던 기억이 대부분이었다. 수능은 내신보다 더 망했으며, 대학은 가야 한다는 부모님을 따라 전문대에 진학. 2년을 다니고는 바로 결혼을 했다. 상대는 나와 비슷한 상황의 사람이었다. 남편이나 나나 학벌이고 돈이고 별로 가진 것이 없었지만 나보다 나이가 조금 있었던 남편에게 맞춰 조금 일찍 결혼했을 뿐이었다. 아이를 낳은 이후, 남편이 직장을 그만두었다. 그래서 돈이 급한 나머지 아무 직장을 구했다. 적성에 맞지 않아 결국은 잘리고 말았다. 그 사이 남편은 다시 돈을 벌고 있었다. 딸아이가 자랄수록 드는 돈도 돈이었지만 어린 딸을 집안에 혼자 둘 수 없었다. 아이를 돌보기 위해 한동안은 직장을 구하지 않았다. 부족한 통장 잔고 때문에 4살이 된 아이를 두고 다시 직장을 구했고, 육아휴직도 써 가면서 아이를 키웠다. 나를 구성하는 우선순위에는 어느새 딸이 가장 위에 있었고, 그다음은 남편이 차지하고 있었다. 나는 없었다.

지금은?

직장을 그만둔 이후의 나는 무엇을 위해 달려왔는지 생각했다.

새로운 안정된 직장을 구하고 싶었다. 그 일이 내가 좋아하는 일이었으면 좋겠다고 생각했다. 그냥 사람들을 돕는 것을, 사람을 만나는 일이 하고 싶었고, 별거 없는 사회복지정책들에 화가 났으며, 그렇지만 생각 외로 내가 알지 못하는 정책이 많다는 것을 알게 되었다. 결국은 정보 부족에, 홍보 또한 부족이라는 것이다. 그렇기에 이 길을 해 보는 것이 어떨까 생각이 들었다. 계속해서 달려가는 와중에 많은 매력을 느꼈다. 돕는 것이 좋았다. 크게 좋아하는 마음 없이 선택할 수 있는 길들을 발견하였기 때문에 시작했지만, 생각 외로 지금은 많이 좋아하고 있었다. 그동안 우선순위의 가장 우위에 자리하고 있었던 것은 상황에서 내 마음에서 변해 있었다. 다른 마음도 아닌 '내' 마음이었다.

나를 위해 선택한 길이었다.

이렇게 무기력하게 잃어 버릴 목표였다면 애초에 시작하지 말았어야 했다.

나는 자리에서 일어났다. 일주일 동안 안방구석에 계속 놓여 있었던 가방을 들었다. 일주일 전에 공부했던 과목 그대로였다. 스터디 플래너를 펼쳤다. 일주일이 텅 비어 있었다. 첫째 날에는 쓰여 있었지만, 체크가 되어 있지 않았다. 체크되어 있지 않은 페이지의 내용을 오늘 날짜에 똑같이 따라 썼다. 마지막 줄에 한 문장을 더 적어 넣었다.

'내일도 도서관 가기.'

❖ ❖ ❖

추워지다 보니 창문을 여는 일이 잘 없었다. 그랬더니 졸음이 몰려왔다. 끔뻑끔뻑 졸던 나는 정신을 차리기 위해 커피를 사 먹으러 내려갔다. 도서관 아래의 매점 아줌마는 초반의 맛없던 음식들을 발전시켜 이제는 제법 손님을 모으는 중이었다. 아줌마의 커피 또한 제대로 된 레시피를 찾아 꽤 맛있게 마실 만한 커피가 되었다. 커피를 홀짝이며 쌀쌀한 바람을 맞았다. 또 감기에 걸리는 것이 아닐까 걱정이 되었지만 따뜻한 커피를 손에 쥐고 있었기 때문에 일찍 들어가고 싶지는 않았다. 어린아이들이 자전거를 타며 뛰어다니고 있었다. 날이 추워서인지 수다를 떠는 아줌마들도 없었다. 잎이 떨어졌고 바닥에는 터진 은행들이 냄새를 풍기고 있었다.

시험까지는 대충 4개월 정도가 남아 있었다. 공부 진도는 순조로웠다. 이 정도면 시험 삼십 일 전부터는 모의 문제들을 풀어 볼 수 있을 것 같았다. 이제 슬슬 시험에 합격할 전략을 세울 차례였다. 여러 생각이 들었고 그 계획 중에서 하나는 실행에 옮기고 싶다는 생각이 들었다. 역시 실행에 옮길 수 있는 가능성을 알아보아야겠다. 기말고사를 준비하고 있는지 어김없이 학생들이 많았다. 2학기 기말고사라 그런지 학생들은 기합이 잔뜩 들어가 있었다. 그래, 다 망쳤으면 마지막이라도 잘해야지. 생각 이상으로 조용한 분위기에 오늘은 공부가 잘될 것 같은 예감이 들었다. 앉아서 공부를 시작했다. 한동안 집중해 밑줄을 긋고 볼펜으로 메모를 하던 나는 뻐근한 목에 잠시 스트레칭을 했다. 그 찰나 문이 열리고 구두 소리가 들렸다. 대학이 없는 이 동네는 도서관 이용객의 대부분이 학생과 삼사십 대, 또는 오십 대의 중년들이 주로 차지하고 있었기 때문에 하이힐을 신을 고객은 잘 오지 않을 터인데, 의문이었다.

조용한 열람실에 울리는 구두 소리에 사람들이 힐끔힐끔 쳐다보는 것이 보였다. 무릎까지 오는 검은 드레스와 긴 생머리의 여자는 이 동네의 도서관과는 전혀 어울리지 않는 모습이었다. 이 동네 사람은 아닌가 보네. 혹시 남자친구라도 찾으러 왔나? 며칠 전 늦잠을 자는 바람에 오전 시간을 통으로 날려 먹고 재방으로 본 아침드라마가 생각났다. 재벌 아가씨가 촌구석 동네가 고향인 어린 남자친구를 잡으러 시골까지 내려가는 내용이었지 아마? 외양간 앞에 세워진 오렌지색의 스포츠카가 인상적이었다. 영양가 없는 생각을 하던 찰나 그 여자와 눈이 마주쳤다. 나는 빠르게 눈을 피했다. 별생각을 갖고 쳐다본 것은 아니었지만 괜히 민망해지는 기분이었다.

나는 다시 책상 쪽으로 고개를 숙였다.

12월 초, 눈이 내릴 것만 같이 추운 어느 주말. 남편이 이른 아침부터 나를 불렀다.

"하영이 엄마, 있지, 우리 전세 계약 말인데…….."

내년 초가 되면 전세 계약도 슬슬 마무리할 때였다.

"아, 맞다. 그래서 물어보려고 했었는데. 왜 무슨 일 있어?"

"전세금을 지금보다 더 올려달라고 하는데……. 그 일단은 삼천 정도…….."

삼천이 강아지 이름도 아니고. 내 통장 속 남은 퇴직금도 삼천은 무슨 삼백도 힘들 듯하였다.

"그래서 하영이 엄마, 우리 다시 한번 이사를 생각해 봐야 할 거 같은데."

"이제 이 돈으로 이사할 수 있는 집도 많이 없어. 요새 집값 엄청나게 올랐잖아. 그냥 월세라도 갈까?"

"엄청 부족한 건 아니잖아. 전세는 할 수 있겠지. 지금부터 슬슬 알아보는 게 어떨까?"

이 동네에서 이사한 것도 벌써 세 번째. 점점 집값도 오르는 상황에 부담이 느껴졌다. 문득 최근에 알아보던 것이 생각났다. 지금 당장 내가 취업을 할 수 없는 이 상황에 최대한 빠르게 취업할 수 있는 방법. 아니 취업할 방법이 아닌 합격할 확률을 높이는 법.

"여보. 우리 어머님이랑 잠깐만 합칠까?"

남편의 눈이 느리게 점점 커졌다.

"어머님이 같이 살 생각 없냐고 자주 물어보셨잖아. 우리 이사 다닐 때마다."

벌써 3년 전 일이지만 자주 그랬다. 시부모님이 불편하지 않다고 하면 물론 거짓말이겠지만 그렇게 나쁘지 않았다. 시부모님은 나에게 모든 집안일을 떠맡길 정도로 몸이 불편하지도 성격이 나쁘지도 않았다. 아들을 아끼는 마음이 여느 할머님들과 다를 바는 없었지만, 남편 밑으로 있는 남편보다 많이 어린 시누이들 덕에 딸 귀한 줄도 아시는 분들이었다. 해 볼 만한 선택이었다.

시부모님이 사는 동네는 이 지역과 조금 떨어진 시골 동네였다. 사람들이 꽤 많이 사는 동네이고 편의 시설과 교육 시설도 갖추어져 있어 시골 동네라 단정짓기 어려운 것이 장점이었다. 그곳으로 지역을 옮긴다면 지역 시험을 볼 수 있어 합격할 확률을 높일 수 있었다. 다시 도시로 돌아올 일이 생긴다면 이직을 신청하면 되는 일이었다. 남편의 출퇴근은 조금 멀겠지만, 차로 충분히 오갈 수 있는 거리였다. 욕심이 났다. 합격할 수 있을 것 같았다.

이번만큼은 내 욕심대로 하고 싶었다.

❖ ❖ ❖

시간이 흘러 벌써 달력은 한 해의 마지막 장만을 남겨 두고 있었다. 눈이 오는 밖을 보았다. 며칠만 늦게 눈이 왔으면 화이트 크리스마스였을 텐데. 나름 아쉬운 마음이 들었다. 오늘은 눈이 많이 오는 바람에 밖으로 나가지 않았다. 대신 거실 위에 각종 책을 늘어놓고 공부에 집중하였다.

방문이 열렸다. 잠이 덜 깬 채 걸어 나오는 딸은 여름 방학 때와 다름없이 후줄근한 티셔츠 한 장과 그때 입었던 바지와 똑같은 디자인의 그렇지만 재질은 다른 바지를 입고 있었다.

"오늘은 도서관 안 가?"

"창문 보고 이야기해. 눈 때문에 더 가기 힘들어."

"생각보다 눈 많이 왔네. 새벽에 눈 오는 건 봤는데."

겨울 방학을 고작 일주일 앞둔 딸은 새벽 늦게까지 놀기 바빴다. 어찌나 열심히 노는지 엄마가 들어오든 말든 관심도 없었다. 그런 딸을 불러 앉혔다.

딸은 창문 앞에 붙어 있다가 자리에 앉았다.

"하영아. 너 개학하기 전에 이 동네에서 이사 갈까 하는데 어때?"

딸이 앉으면서 집어 들었던 티슈 한 장을 찢어 버렸다.

"미쳤어?"

"너 내가 말버릇 고치라고 했어 안 했어? 엄마한테 미쳤다가 뭐야."

"아니, 저기요, 내 친구들은? 나 전학 가라고? 진심이야?"

"엄마 아직 어디로 갈지 이야기 안 했어."

"진지하게 꺼낸 것부터 이상해!"

뭐 틀린 말은 아니다.

시험을 조금 경쟁률이 약한 곳으로 시험을 볼까 봐. 시골로."

"아니, 삼수동도 시골인데! 여기서 시골을 가? 엄마 돈 없다며!"

"할머니랑 합칠 거야. 이 집 전세금 좀 드리고. 엄마 합격하고 한

동안은 거기 있을 거야."

"난 안 가. 할머니 집이면 완전 촌구석이잖아. 난 거기서 못 살아.
못 산다고. 아니 애초에 아빠 직장은? 아빠 회사는?"

"좀 멀긴 하지만 출퇴근은 가능해. 그러니까 아빠는 신경 안 써
도 돼."

딸은 뒤로 넘어가기 직전이었다. 공부하면서 확실히 빠르게 합
격할 방안을 생각하다 보니 이사가 떠올랐다. 여기보다 더 노인 인
구가 많은 시골은 그만큼의 자리가 있었으며 그곳에서 시험을 보는
인원도 적다. 충분히 합격할 수 있었다. 딸은 눈시울이 잔뜩 붉어져
화를 내었다.

"나는? 내 의견은 중요하지도 않아? 엄마는 엄마 생각만 해?"

딸의 말은 사실이었다. 여태껏 내 선택이 없었던 만큼 이번만큼
은 내 마음대로 하고 싶었다. 남편을 설득하는 것부터 문제긴 했지
만, 무난히 넘어갔더니 딸까지 무난히 넘어갈 수 있다고 생각한 것은
착오였나 보다. 말수가 적어진 남편은 회사를 그만두고 싶어 하였다.
확실히 월급이 일의 양에 비해 너무 적다는 것과 스트레스가 심하다
는 것이 이유였다. 또 구조조정이 생길 듯해 그만두게 될 수도 있다
는 것도 한몫하였다. 아니 그런데 그럼 그 스트레스를 나에게 표출한
건가? 막 내 말도 무시하면서? 열 받네. 뭐가 어찌 되었든 남편은 주
택에서 작은 텃밭을 키우고 싶어 했기에 힘들지 않게 찬성해 주었다.

"시골이긴 해도 학교랑 가까우니까 걱정하지 마. 너 키우고 싶다
는 강아지도 생각해 볼게."

"친구들은. 내 친구들이랑 이렇게 갑자기 이별하라고?"

"여기까지 얼마 안 걸리잖아. 나중에 놀러 오고 싶으면 아빠 출근할 때 내려달라고 해."

"말이 쉽지. 전학이 말이 되냐고. 나 이제 1학년 끝났어."

"1학년 끝났으니까. 가려면 3학년 되기 전에 가야지."

"진짜 미워. 알아? 엄마 진짜 너무해."

딸은 그 말을 마치고는 슬리퍼를 신고 휴대폰을 챙겨 밖으로 나갔다. 아마 같은 단지에 사는 친구를 만나러 가는 것일 거다. 솔직히 나도 내가 너무한 결정을 했다고 생각한다. 이렇게 해도 괜찮다는 것도 자기 합리화일 것이다. 욕심이다. 정말로 내 욕심이었다.

나는 붙을 것이다. 아니 붙어야 했다. 내 계획에 동참해 준 남편을 위해서. 내 마음대로 한 결정에 상처받은 딸을 위해서. 그리고 나를 위해서.

도서관과도 이별이다. 도서관만의 그 분위기와 주위 사람들이 생각났다. 아, 할머니께는 따로 말씀을 드려야 하는데. 독서실을 끊기 전 한 번은 도서관을 들러야겠다. 이제 못 가르쳐 드리게 되었으니 더 좋은 선생님을 만나거나 해야 할 텐데 죄송한 마음이 들었다. 내 자리에는 또 다른 새로운 사람이 앉겠지. 도서관은 많은 사람이 거쳐 가는 곳이니까. 나 또한 그들 중 한 사람인 것이다.

내일의 사람들과 함께 또 나아가는 곳이니까. 변하지 않아도 변하는 곳이다. 그러니 도서관은 나와 이야기해 나갔던 것처럼 새로운 사람들과 새로운 이야기를 해나갈 것이다.

이제 나는 도서관의 이야기를 나라는 사람의 이야기로 이어가 볼까 한다.

나를위한

김꽃분 이야기

구예린

어떨 때는 박문수의 아내로, 또 어떨 때는 박화훈, 박화호의
엄마로 살아갔던, 아니 '김꽃분' 이라는 사람으로 살았던 내 삶은
힘들었던 순간들을 극복하고
밝게 피어난 한 송이 꽃 같은 삶이 아니었을까……

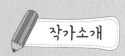 작가소개

　　신기중학교에 재학하며 동아리를 통해 쓰게 된 소설입니다. 아마
처음이자 마지막 소설이 되지 않을까 싶습니다. 나를 잘 나타내 줄 수
있는 단어는 '리더십'이라고 생각합니다. 많은 사람들을 만나며 그들
을 이끌어 나가는 사람이 되는 것을 좋아하는 나를 소설 속에서 깊은
관계가 아니더라도 많은 사람들을 만나 살아가는 것을 나타내고 싶
었습니다. 그리고 작게나마 꿈에 대한 이야기도 나누고 싶었습니다.

어떤 고난과 시련이 와도 굳게 극복하고 활짝 편 인생을 살라고 아버지께서 지어 주신 '꽃분', 사실은 아버지가 이름 뜻을 생각하지 않고 지었지만 저리 멋진 뜻을 새겨 준 내 이름 '김꽃분'이다.

내 나이 예순일곱에 하나뿐인 박문수 영감님과 눈에 넣어도 아프지 않는 두 아들 박화훈, 화호가 있지. 영감과 함께 살아온 지 40여 년이 훌쩍 지났어. 우리 영감은 가끔 버럭 화를 내시기도 하지만 종일 내 걱정만 수백 번, 수만 번 하시는 분이여. 우리 맏아들 화훈이는 어미 아비 사랑 듬뿍 받으며 잘 자라더니 고등학교 졸업하고는 갑자기 사라져 지금까지 얼굴 한 번 못 본채 살아가고 있지. 우리 옆에 없는 것만으로 걱정이 이만저만인데 빚까지 지고 산다는 사실까지 알고 나니 이놈을 잡아다 옆에 붙들어 놓고 살아야 하나 더 걱정이야. 그에 비해 둘째 화호는 화훈이보다 어미 아비 사랑을 조금 덜 받으며 자랐는데 너무 예쁘게 잘 자라 주어 미안하기도 고맙기도 허지. 화호는 우리랑 안 살고 군에서 살고 있어. 군대. 공무원 준비하다 말고 군대에 갔다 오더니 지 꿈을 찾았다고, 직업군인이라 카든가 어쨌든 거기에 말뚝을 박을 거라고 하고는 몇 년째 군인으로 살아가고 있더라.

지금은 잘 살고 있지만 그래도 우리에게 둘째는 너무나도 아픈 손가락이여. 나는 삼수동에서 결혼도 하고 아들놈들도 낳았어. 영감이랑 둘이 있는 돈 없는 돈 다 끌어모아서 큰 밭 하나 얻어 죽어라 농사하며 우리 아들놈들 먹이고 키웠지. 그렇게 힘들게 키워놨더니 한 놈은 사라져 코빼기도 뵈지 않고 빚만 지고 있다 하고, 한 놈은 공무원 시험 준비하다가 갑자기 직업군인이 돼 가지고 20년 넘게 살던 곳을 떠나 이제는 우리 둘이 살고 있어. 그래도 둘째 아들은 군에서 편지를 써 보내니 잘 지내고 있는 듯해 걱정을 안 하는데 맏아들 녀석은 편지도, 연락도 없으니 잘살고 있는지 알 방법이 없어. 그러다가 우리 집에 가끔 대부업자들이 찾아오면

'아 이 녀석도 또 빚을 졌나, 살아 있다고 알려 주네. 이 망할 놈.'

짐작하고는 대부업자들에게 갚겠다고 사정사정해 돌려보낸 뒤, 있는 돈 없는 돈 싹 다 끌어 모아 빚을 갚고 있지…….

어느 날 우편통을 보니 편지 한 통이 와 있었어.

"영감. 편지가 왔는디. 우리 둘째는 아닌 것 같고, 어여 와서 읽어 주쇼."

"잠만 기다려 봐. 볼일은 다 보고 가야지."

아버지, 어머니께

맏아들 박화훈입니다. 저 박화훈은 더 이상 아버지, 어머니 아들로 못 살 것 같아요. 그냥 없는 아들이라고 생각하고 사세요. 아마 얼굴 볼 일 없을 겁니다.

20××년 ××월 ××일 박화훈 올림

이런 망할 놈, 힘들여 키워 놓고 빚까지 갚아 줬더니 없는 아들이라고 생각하라니 기가 차고 속에서 천불이 났지. 지가 빚진 돈들은 우리가 다 갚고 이제 와서 아들이 아니라니 영감이랑 나는 그 녀석 욕을 실컷 했고 빚을 갚고 나면 집으로 돌아올 거라고 생각한 우리가 바보였어.

"그래 이 녀석아. 니는 이제부터 우리 아들 아니다. 이 썩을 놈아."

그 편지를 받은 후 배신감에 화가 난 우리는 이제부터 아들은 화호 한 놈뿐이라고 생각하기로 했지.

그러던 중 어느 날 집 앞에 대부업자들이 기다리고 있더군.

"할매. 박화훈 군이 또 돈을 빌리고는 흔적도 없이 사라졌수다. 아들놈이 빌린 돈이니 부모가 갚으셔야지요."

"집 잘못 찾아왔구려. 우리 아들은 박화호여. 그런 이름은 여기 안 살고 있슈."

"할매 어디서 장난질이여. 할망구 험한 꼴 당하기 싫으면 할매 아들이 빌려 간 돈이나 갚으시지요."

험악하게 생긴 대부업자 한 명이 손을 번쩍 들어 올렸지. 아마 나를 때리려고 했을 거야.

"알았으니 손부터 내리게나. 이번 주까지 갚을 테니까 제발 다시는 찾아오지 말아."

"할망구. 이번 주까지 꼭 돈 입금하시오. 그쪽 아들이 또 돈 빌리면 올거유. 담에 오면 그런 장난치지 마슈. 그리고 물도 한 잔 내주시구."

내 어깨를 툭툭 치고 돌아갔지. 어쩔 수 없이 그 녀석의 돈은 또 갚아 주게 생겼어. 다시는 안 갚을 거라고 그렇게 다짐했는데…….

놀란 마음을 진정시킨 후 일어나려는데 어찌나 놀랐는지 바닥에 털썩 주저앉아 버렸어. 내가 밭으로 돌아오지 않아 걱정되었던 영감이 집으로 왔더군. 영감은 주저앉아 있는 나를 보고는 놀랐는지

"할망구, 괜찮은 거여. 혹시 또 대부업자들이 찾아온 거는 아니지?"

"영감. 오긴 왔는데 괜찮아유. 그 녀석은 도대체 어디서 큰돈을 빌리는 건지. 내 진짜 미쳐

환장하겠네……."

"그 녀석 찾아가지고 묶어 어디 못 나가게 하든가 호적을 파 버리든가 해야. 더 이상은 나도 못 참아."

영감은 화가 머리끝까지 났는지 호적까지 정리하겠다는 말까지 하셨어. 근데 호적도 정리 못하는 걸. 법이 그렇다는디…….

그렇게 그 녀석 때문에 골이 아파도 가끔 둘째 아들놈에게서 편지가 오면 다 잊어 버리고 영감에게 편지를 가지고 가지.

"영감, 우리 아들놈 편지 왔슈. 어여 와서 좀 읽어 주시지요."

하면 영감님께서

"아들놈 편지인지 어떻게 알고 갖고 오는 거여. 글도 못 읽는 사람이"

"딱 보면 아들 편지라는 느낌이 오지요. 그리고 녹색 봉투는 항상 우리 아들 편지드만."

하면 영감이 피식 웃으며 오래된 돋보기를 꺼내 들어 한 손으로 멋있게 돋보기를 끼고는 한 글자씩 찬찬히 편지를 읽어 주시지. 그러면 나는 영감님의 동굴 목소리에 집중을 했어.

✻ ✻ ✻

보고 싶은 우리 엄니, 아버지께

잘들 지내고 계시지요? 아들은 잘 지내고 있어요. 얼굴 못 본 지 벌써 1년이 다 되어 가는데 올해는 꼭 얼굴 뵈러 갈게요. 몸은 건강하시지요? 아픈 곳 없이? 몸 건강이 최고니까 농사일 쉬엄쉬엄하세요.

몇 주 전에는 중요한 사람 지키는 일하러 인도 쪽을 다녀 왔어요. 다른 일들에 비해 많이 힘들거나 위험하지 않았어요. 근데 일이 자주 있어 이번 주만 해도 벌써 5일째 훈련하고 일했어요. 그리고 이름 모를 나라에 가서 훈련도 받았는데 역시 저도 나이가 들었는지 전처럼 몸이 빠르게 움직이질 못하더라고요.

형은 아직도 돈 빚지고 있나요? 대부업자들이 엄니랑 아버지께 무슨 짓 할까 봐 걱정이네요. 휴가 나가면 형 찾아볼게요.

항상 많이 보고 싶은 제 마음 아시지요? 정말 많이 보고 싶어요.

엄니, 아버지 몸 건강히 지내시고 계셔요.

20xx년 xx월 xx일 아들 보냄

영감이 편지를 읽어 주는 내내 아들놈의 목소리가 들리는 것 같았지. 잘 지내고 있다니 한편으로는 다행이기도 하지만 아직까지 내 눈에 그저 어린아이인 그놈 걱정을 안 할 수가 있나……. 근디 그 망할 놈 이야기는 왜 하는 거여. 더 이상 우리 가족이 아니라고 했는데 왜 형이라고 부르는 걸까.

비가 추적추적 내리는 날도 바람이 쌩쌩 불어대는 날도 항상 아들놈 생각을 하고 있을 무렵 그렇게 목이 빠져라 기다렸던 아들놈이 멀리서 보였지. 저 덩치는 보나마나 우리 아들놈이 틀림없었어. 저 산만한 덩치로 내게 쪼르르 달려와서는

"엄니, 나 엄니가 해 주는 된장찌개 먹고 싶소."

라고 보자마자 밥 타령부터 했어. 그 모습에 나는 웃음을 터뜨렸지.

"알았다 이놈아, 얼른 가서 된장찌개 푸욱 끓여 줄게."

집에 들어가자마자 우리 아들놈 밥상을 차렸지. 아들놈이 먹고 싶다던 된장찌개며, 직접 밭에서 기른 상추며, 영감이랑 자주 먹지 않는 고기반찬도 우리 아들놈에게 실컷 먹였지. 아들놈 먹는 모습만 봐도 어찌나 배가 부르던지 밥 한 숟갈 삼키고는 아들놈 먹는 모습만 실컷 구경했지. 다 먹은 상을 치우고 나니 아들놈이 저 구석에 여태동안 보낸 편지들을 모아두었던 함을 가지고 나왔어.

"엄니, 내가 보낸 편지 다 읽어 봤소?"

아들놈의 물음에 내는 고개를 저었어.

"내 글 읽을 줄 모르는 거 알면서 이 자식아. 당연히 네 애비가 읽어 줬지."

❋ ❋ ❋

그렇다. 나는 말만 할 줄 알지 글을 쓰는 것도, 써져 있는 글도 읽지 못해.

"엄니, 내가 전부터 농사일 좀 줄이고 한글 공부하라고 했잖아. 언제까지 아버지가 읽어 주기만 혀. 아까 차 타고 오면서 보니까 현수막에 커다랗게 주민 센터에서 한글 수업한다고 하던데. 거기 가서 공부혀."

점점 날이 갈수록 아들놈의 잔소리만 늘어갔어.

"됐네. 예순일곱이나 먹어서 거 앉아가지고 공부하는 거보다 농사일이 더 중요해 그리고 바빠 죽겠는디 공부는 무슨 공부. 안 해 안 혀. 또 그 녀석이 빌린 돈이 얼만데. 내가 안 갚아 줄려고 그리 다짐했는데 결국 갚아 주는 거 봐. 한시라도 빨리 빚 털어내려면 지금보다 더 죽어라 일해야 돼."

이래 말했더니 벌떡 일어나 내 손을 잡고 밖으로 나와서 한 4, 5분 정도 걸었더니 동명 센터가 보였어. 나는 어리둥절하였지.

"여 아무도 안 계십니까?"

아들놈이 소리쳤어.

"무슨 일로 오셨슈?"

하고 한 40대 중반으로 보이는 아지매 하나가 걸어 나왔지.

"우리 엄니 한글 공부 좀 시켜 주쇼"

그러자 아지매가 종이 한 장을 아들놈에게 내밀었고

"여기에다 사인하시구요. 그리고 내일부터 10시에 오시면 되어유. 아, 그리고 한글 적을 공책도 준비해서 오시구요."

나는 아들놈을 말렸지.

"안 한데도. 이런 거 필요 없다. 농사만 잘 지으면 사는 데 아무지장 없어. 이런 거 필요 없다."

내가 아들 손을 잡고 나가려 하자 아들놈은 아지매가 내민 종이에 커다랗게 사인을 했지.

"엄니 내일부터 꼭 공부하러 와. 아들이 보내는 편지 읽을 수 있도록 한글 배우슈. 그리고 아버지랑 그 녀석 돈 갚으려고 농사일 하지 말아요. 내가 돈 갚을게."

"니가 그 돈을 왜 갚아. 엄니랑 아비가 다 알아서 할게."

"됐고 한글 공부해."

아들놈의 고집에 내는 어쩔 수 없이 내일부터 주민 센터에서 한글 공부를 하게 되었지. 아들과 함께 집으로 돌아가는 길에 걱정되기도 하고, 기대하기도 하면서 집으로 발걸음을 돌렸지. 집에 들어가려고 하자 아들놈이

"엄니 어디 가? 차 타슈."

라고 손짓을 하였어.

"이놈아. 어딜 또 갈라꼬."

하면서 나는 어쩔 수 없이 아들 차 보조석에 탔어.

"어디 가기는 엄니 공책 사러 가야지 이왕 공부할 거 좋은 공책에 하면 좋자너?"

아들놈은 신이 나서 운전하는 내내 콧노래를 불러댔지. 한 15분여 정도 차를 타니 큰 건물이 보였지 그 큰 건물이 마트라고 하는 곳이었어. 아들은 직원에게 물어 꽃이랑 토끼들이 그려진 예쁜 공책 2~3장을 손에 쥐고, 지우개가 달려 있는 분홍색 연필 다섯 자루와

예쁜 철제 필통도 골랐지. 내는 그것들을 신기하게 쳐다보며 아들과 함께 계산대로 가면서

"요즘은 연필 뒤에 지우개도 달려 있나 봐?"

아들놈은 내 말을 듣고는 피식 웃음을 지었지. 계산을 해 주던 아가씨가

"할머님 손녀 학용품 사 주려고 오셨구나?"

하고 내게 말을 걸었어. 그러자 아들놈이

"손녀는 무슨, 저의 엄니 내일부터 한글 공부하러 가는데 집에 어린애들이 없으니 학용품도 없어서 사 드리려 왔슈."

하였어. 나는 계산하는 아가씨에게 씁쓸한 웃음을 지었지.

계산이 끝나고 집으로 향하는 차 안에서

"엄니 아들이 공책이랑 연필, 필통도 사 줬으니까 진짜 열심히 공부해야 돼. 아까 말했던 것처럼 내가 보내는 편지 읽을 수 있도록. 알겠지? 내가 집에 왔을 때 검사할 거야."

"알았다, 이놈아"

하고 대답했지. 그렇게 우리 둘은 행복하게 집으로 돌아갔지.

❊ ❊ ❊

다음날이 되자 아들은 군대로 돌아갔고 나는 아침 일찍 일어나 한 손에는 아들이 그려준 약도를 손에 쥐고, 아들이 사 준 학용품을 비닐 봉다리에 챙겨 다른 손에 쥐었지. 센터로 걸어가는 4, 5분 내내 늙은 할망구가 한글 공부하러 온다는 게 부끄럽다고 생각했지.

센터에 도착하니 내를 포함해서 한 대여섯 명의 사람들이 있었어. 나이대는 내랑 비슷해 보여 다행이라고 생각했지. 한글 선생은 그날 보았던 40대 중반의 아지매였어.

"어르신들 오늘은 한글에서 가장 기본적인 자음, 모음을 공부해 볼 거예요. 제가 읽으면 따라 읽어 보세요. 먼저 자음 기역, 니은, 디 귿, 리을……. 시작!"

처음에는 모두 쑥스러워하더니 한 명씩

"기역, 니은, 디귿, 리을……."

따라 읽드라.

"어르신들 아주 잘하시는데요. 그러면 이번에는 모음인 아, 야, 어, 여……. 시작!"

이번에는 아까보다 큰 목소리로 다들 읽드라.

"아, 야, 어, 여……."

"오! 어르신들 정말 잘하셨어요. 그러면 아까 읽었던 자음, 모음 들을 가지고 오신 공책에 써 볼까요?"

쭈굴쭈굴한 손으로 난생처음 연필을 잡고 자음, 모음을 따라 쓰기 시작했고 따라 쓰는 것보다는 그리는 수준에 가까웠지만 다 쓰고 보니 지렁이 여러 마리가 꼼틀꼼틀 기어가는 것 같았어. 처음에는 지루하기만 할 줄 알았는디 하면 할수록 재미가 생겨 한 자 한 자 쓸 때마다 공을 들여 쓰다 보니 처음치고는 봐줄 만하였지. 하루하루 한글 공부하러 가는 시간이 기다려졌고, 그렇게 똥고집을 부려 내가 한글 공부를 하도록 해준 아들놈에게 너무나 고맙고, 기특하였지.

한글 공부를 한 지 석 달이 되었을 쯤 이날도 어김없이 한글 공부를 하고 집으로 돌아와 현관문을 열었더니 받아들일 수 없었던 상황이 내 눈앞에 보였어. 내를 대신하여 혼자서 농사일을 하시던 우리 영감님이 쓰려져 있었어. 놀랄 시간도 없이 다급해졌지.

"영감 정신 좀 차리슈, 왜 이러는 거여 무섭게 · · · · · · ."

근데 문득 생각이 난 거야. 아들이 저번에

"엄니, 만약에 집에 강도가 들어왔거나, 위험한 상황에는 요기 전화기 봐봐 빨간색으로 표시한 거를 2번 돌리고, 파란색으로 표시한 거 1번 돌려서 전화 받으면 도와주세요 하고 우리 집 주소 알려 드리면 돼 이거 까먹으시면 안 돼! 그리고 사소한 일에는 전화하지 말고, 정말 위급할 때만 전화하는 거요. 알았지요?"

하며 알려 주었던 전화기를 떠올리고는 덜덜 떨리는 오른손을 왼손으로 부여잡고 빨간색을 돌리고 다시 빨간색을 돌리고 마지막으로 파란색을 돌렸지.

뚜르르······. 뚜르르······.

통화가 연결되는 내내 눈물이 흘렸어.

"철컥."

"여보세요. 112입니다. 무슨 일이신가요."

"우리 영감, 영감 좀 살려 주시오. 빨리 오셔요 언능······."

"어르신, 진정하시고요. 일단 집 주소를 말씀해 주시겠어요?"

"우리 집은 삼..삼수동 동명맨션이고, 102호여."

"네. 어르신 경찰차랑 구급차가 출발했으니까 금방 도착할 거에요."

경찰차랑 구급차를 기다리는 동안 마음이 타들어 갔어.

"할망구⋯⋯. 내 먼저 간다⋯⋯. 나 없이 화호랑 둘이 잘 지내야 혀⋯⋯. 그리고 그 망할 놈 돈 갚아 주지 말고, 대부업자들이 찾아오면 아까처럼 112에 전화 거슈⋯⋯."

그 말을 끝으로 영감은 눈을 감았지. 차갑게 식어 버렸어⋯⋯. 영감을 끌어안고 펑펑 울었어. 밖에서는 구급대원과 경찰관이 와 있었고, 그들은 내 눈물이 멈출 때까지 조용히 기다려 주었지.

영감은 이미 이 세상을 영영 떠났고, 장례식이 치러졌어. 다툼으로 인해 오랫동안 얼굴 비추고 살지 않았던 친척들도 왔고, 우리 아들놈도 군대에서 연락을 받고는 장례식장으로 달려왔지. 아들놈을 보자마자 어린아이가 된 듯이 우리 둘은 껴안고 흐느끼며 울어댔어. 이런 썩을 놈. 그 녀석은 오지도 않았어. 지아비가 죽었는데 매정한 놈⋯⋯.

그렇게 하루, 이틀이 지나고 마지막 날인 삼일 날 아침 일찍부터 깨어나 장례식장에 있는 영감의 사진을 뚫어져라 쳐다보고 있었지. 당장이라도

"영감"

하고 부르면 저 어디선가 어기적어기적 나와

"왜 또 부르는 거여!"

하고 버럭 화를 낼 것만 같은데 뭣이 좋다고 저리 환하게 웃고만 있는 거여. 그 사진을 보고 또 주책없이 흐르는 눈물을 멈출 수가 없었지. 묘지로 가기 전 아들과 함께 영감의 마지막 모습을 보러 영안실로 들어가니 잘 짜놓은 수의를 입은 영감이 편안히 눈을 감은 채

로 누워 있었어. 눈물을 삼키며

"영감. 이 못한 할망구 옆에 있어 주셔서 저의 모든 날들이 행복했소. 영감은 어떠셨슈……. 가시는 길 편히 가시구 다음 생에 또 만납시다."

하며 이런 생각이 들었지.

'모든 사람은 가진 것 하나 없이 태어나 가지고 가는 것 하나 없이 떠난다.'

우리 영감도 가진 거 하나 없이 달랑 수의만 입고 가시겠지. 하지만 수의 또한 그곳으로 가지고 갈 수 없을 것이야. 이제 영감 없이 어찌 살지 막막하였어. 영감은 삼수산 앞 묘지에 묻혔지. 내 때문에 영감이 저렇게 되어 버렸다는 충격에 내는 한동안 농사일도, 아들의 고집으로 시작하였던 한글 공부도 하러 갈 수가 없었지. 그렇게 영감을 떠나보내고 집에 돌아와 집안 곳곳에 남아 있는 영감의 흔적을 치우며 하염없이 눈물을 흘렸어. 영감의 옷과 물건들을 정리하던 도중 영감의 오래된 돋보기를 발견하였지. 이 돋보기를 쓰고 글을 읽어 줄 때 영감 모습은 잊을 수가 없었지. 이 돋보기는 내가 잘 보관하려고 겉옷 안쪽 주머니에 단디 챙겼어. 혼자 밥을 먹을 때도, 농사일을 하러 나갈 때도, 장을 보러 나갈 때도 내 옆에는 항상 영감이 있었는데 이제 내 옆에 아무도 없으니 가슴이 콱 막히고 또 눈물이 흘렀지. 그나마 영감의 돋보기가 구멍난 마음 한 곳을 채워 주었어. 시간이 갈수록 영감의 기억은 흐릿해져 갔고 혼자 있는 것이 익숙해졌을 무렵 아들에게 편지가 왔지. 습관적으로

"영감, 우리 아들 편지 왔슈. 이리 와서 읽어 주시지요."

아차 영감은 떠났지……. 아들놈의 편지를 읽기 위해서 신발을 부랴부랴 신고 동명맨션을 나와 무거운 몸을 이끌고 동명 주민 센터로 향했지.

"거 아무도 없슈. 거 누구 있으면 이것 좀 읽어 주시지요."

있는 힘껏 닫혀 있는 문에다가 흐느끼며 소리를 질렀어. 하지만 아무도 나오지 않았지. 아들놈의 편지는 그저 혼자서 잘 지내고 있냐는 걱정의 안부 편지겠지 하고 혼자서 중얼거리다가 터덜터덜 집으로 발걸음을 돌렸어. 시간이 좀 지나고 나니 혼자 농사일을 감당하느라 아들놈의 편지는 잊혀 갔지. 편지가 잊힐 즈음 아들놈의 편지가 오고 또 오고 끊임없이 왔지 하지만 여전히 읽을 수 없는 걸……. 아들이 편지를 보내면 항상 영감이 읽어 준 뒤 내가 말하는 대로 답장을 써 주서 아들에게 답장으로 보냈는데. 영감이 없어 편지를 읽지도 못하고, 답장을 써 주지도 못하는 내가 너무나 미웠어. 밉다 못해 원망스러웠지.

아들놈은 얼마나 마음이 타들어 갔을꼬……. 아들놈에게 미안하여 내내 편히 잠들지도 못했어. 아마 답답했을 거야 한글 공부하고 있는 엄니가 배운 지 반년이 다 되어가도 글을 읽지도 쓰지도 못하고 있으니. 아들이 그렇게 고집을 부려 한글 공부를 신청했는디 그런 아들놈에게 너무 미안해 한동안 고민하다가 다시 한글 공부를 하러 가겠다고 마음을 먹었어.

오늘은 편히 잠자리에 들 수 있겠지. 아니 다시 한글 공부를 한다는 생각에 밤잠을 설쳤지. 다음날이 되고 나는 이른 새벽부터 겉옷을 대충 걸치고는 집에서 나와 발이 이끄는 곳으로 걸었지. 걷다 보니 한글 공부를 하러 가던 주민 센터가 보였고 또 걷고 걸어 동명강의 다리를 건넜고 다리를 건너니 삼수산 앞에 있는 공동묘지 우리 영감이 잠들어 있는 곳이었어. 여기에 도착하니 문득 느꼈지. 한글 공부를 다시 한다는 생각에 떨려 잠들지 못했던 것이 아니라 우리 영감 생각에 잠을 설쳤다고 저 둥그렇게 튀어나온 묘지에 영감이 있다니.

그렇게 한참을 영감 옆에 있다가 동명 주민 센터에 찾아갔지만 한글 선생이었던 40대 후반의 아지매는 온데간데없고 50대 중반 여성이 뜨개질을 가르쳐 주고 있었어. 수업하는 학생들의 시선이 나에게 집중되었고, 한글에 대해 물어볼 사람도 없어 주민 센터를 도망치듯이 나왔지. 센터 밖에 있는 마루에 앉아 아무 생각 없이 한 삼십여 분 있다가 허무하게 집으로 발걸음을 향했어. 집에 도착하여 잡생각을 없애려고 청소를 하던 도중 내 눈에 한글 공책과 교재가 눈에 띄어 청소를 중단하고 들춰어 보았어. 자음, 모음부터 시작해 간단한 단어들을 적어둔 부분 공책 중간중간에 받아쓰기를 한 부분도 수업을 듣지 않아 아무것도 써두지 않은 부분도 있었지. 공책을 보고 있자니 처음 받아쓰기를 다 맞은 날이 기억났어.

"어르신. 드디어 받아쓰기 첫 백점이셔요! 혼자서 열심히 공부하셨어요?"

"공부하기는 선상님이 잘 알려 주시는 덕에 백점 맞을 수 있었지요."

"조금만 더 공부하시면 혼자서도 아드님께 편지 쓰실 수 있겠네요.

난생 처음 받아본 칭찬과 격려에 한껏 기분이 들떠 있었던 그날의 기억이……. 날이 많이 지나지 않았는데 너무나 과거의 일로 여겨졌어. 내는 공책을 덮으며 다시 주민 센터로 향하였고, 주민 센터에 도착하여 주변을 두리번 둘러보면 혹시나 같이 한글 수업을 듣던 학생이 있지 않을까 하고……. 한참을 둘러보다가 포기하고 집으로 돌아가려는 찰나 한 아저씨가 눈에 띄었지. 틀림없이 함께 공부하였던 아저씨였어. 아저씨의 팔을 붙잡고는 다짜고짜

"아저씨. 여기서 한글 공부하던 분 맞지여? 우리 공부 알켜 주던 선상님 어디 갔슈? 왜 갑자기 한글 수업이 사라진 거여? 다시는 여기서 한글 공부 못하는 거여?"

아저씨가 대답할 틈도 없이 질문을 퍼부었어.

"어르신. 진정하시고 하나씩 물어보셔야지요. 한 번에 많이 물어보면 제가 어떻게 대답해 드려요."

아저씨의 말에 놓아 버린 정신을 단디 붙잡았지.

"한글 수업을 하지 않는지 저도 몰라요. 수업 들으러 왔다가 이제부터는 수업하지 않는다고 집으로 돌려보내더군요. 그 선상님도 어디 있는지, 어떻게 됐는지 알 수가 없슈. 그리고 다른 선상님이 오지 않는 이상 센터에서 한글 수업을 하지 않을 거에요. 그렇다고 들었슈. 어르신 저는 일이 바빠서 먼저 가 보겠습니다. 조심히 들어가셔요."

대답해 준 아저씨는 볼일을 다 보고는 주민 센터를 떠났고 내는 주민 센터에 있는 의자의 털썩 주저앉아 생각해 보았지.

'다시 공부할 수 있는 곳이 없으려나? 만약 다시 한글을 배울 수만 있다면 돈이라도 낼 수 있는데.'

그러다가 아무런 일도 하지 않고 있는 주민 센터 총각이 보여 가까이 다가가 말을 걸었어.

"총각. 혹시 요 근방에서 공부할 수 있는 곳 없는가유? 내가 여기서 한글 공부했는데 고마 내 없는 동안 사라져 가지고."

아무 반응도 해 주지 않아 가려는데 갑자기 벌떡 일어나더니 뒤편에 있는 책장을 뒤적거리다 책자 하나를 주었어.

"총각 미안한데 내가 한글을 못 읽어서 뭐라고 적혀 있는지 알려 주실 수 있쇼?"

총각은 귀찮다는 듯이 알려 주었지.

"우리 동네 지도예요. 여기 펼쳐보시면 상가들이나 건물들 위치도 있고요. 뒤에 읽어보시면 공부할 수 있는 곳도 있으실 거예요."

내 말을 듣지 않은 것인가 한글을 못 읽는데도…….

"하하……. 총각 이 할망구가 한글을 못 읽어서 그런데 좀 자세히 알려 주시지그랴."

총각은 나를 한 번 훑어보더니 조금은 짜증 섞인 목소리로

"여기 뒤에 적혀 있다니까요. 할머니 자식이나 친구분에게 물어보세요. 저 할머니 상대할 만큼 한가로운 사람 아니에요. 안녕히 가시구요."

센터에 있는 사람 중 젤 한가해 보이면서 헛웃음이 피식 혀고 나왔어. 나이는 우리 아들놈보다 어려 보이는 것이……. 그렇게 어린놈에게 퇴짜를 맞았지만 책자는 손에 꼭 쥐고 주민 센터를 나왔고, 집으로 돌아가는 내내 책자를 아무리 들추어 보아도 읽을 수 있는 것은 단지 짧은 단어들. 단어들만 천천히 읽어보던 중 한 장을 넘겨보니 도서관이라는 단어가 눈에 읽혀졌어.

'도서관……. 도서관?'

어디서 많이 들어봤는디. 곰곰이 생각혔지. 아 생각났구려. 우리 아들놈이 공무원 시험 준비 헌다고 매일 도서관에 간다 했던 거 같은데…….

어쨌든 도서관 단어 밑에 그려진 지도를 뚫어져라 쳐다보았지만요 위치가 어디인지 전혀 알 수 없었어. 그러다 우리 아들놈이 그려 줬던 주민 센터로 가는 약도가 번뜩 생각났어. 고 약도에 도서관이 그려져 있지 않을까? 걸음을 바삐하여 집으로 돌아가 한글 공책 어딘가에 놔둔 약도를 황급히 찾았지. 역시나 도서관이라는 단어가 써져 있었어. 내가 찾은 약도는 우리 아들놈이 지도 위에 내가 알아볼 수 있도록 각각 다른 문양으로 표시한 지도이며 약도이였지. 우리 아들놈은 내 옆에 가까이 있지 않아도 항상 도움을 주니 어찌 고것을 미워할 수 있을꼬.

공부할 수 있는 곳을 찾아 행복한 나에게 불행은 또 찾아왔어.

'똑.똑.'

"할머니, 저희 왔슈. 문 부수고 들어가기 전에 곱게 문 열어 주시지요."

나는 조심스럽게 문을 열고는 전화기 근처에 가서 앉았어.

"도대체 할매 아들은 뭐 하고 다니길래 이렇게 큰돈을 빌려 가는지 모르겠네. 아드님께서 빌려 간 돈을 2주 안에 갚겠다고 했는디 3주 째 소식이 없어. 할매, 어찌 할까요?"

"내가 우리 아들 아니라고 했을 텐데. 갚을 돈 없으니 가시지요. 내 말고 박화훈이라는 사람 찾으면 되는 거 아니요."

"할망구 우리가 착하게 대해 주니까 무서운 줄을 모르는 거여?

아니면 간댕이가 커진 겨? 주변에 주민 사람들 이야기 들어보니까 할배 죽으셨다 하던데. 지금 할매 도와줄 사람 한 명도 없으시겠슈?"

내게 한 발자국씩 다가왔어. 난 식은땀이 줄줄 흘렸지. 대부업자가 나를 때리려고 손을 들던 찰나

"어이. 거기 당신들! 지금 할머니께 뭐하는 짓이야!"

경찰관이 우리 집에 찾아왔지. 내가 문을 열어주기 전 112에 전화를 걸어두었어.

"이놈들아 다시는 우리 집 찾아오지 말어."

나는 대부업자 놈들에게 소리쳤지.

"할머니께서 아무 말도 안 하셔서 잘못 건 줄 알았어요. 근데 전화기 너머로 대화 소리가 들려서 위험한 상황이구나 하고 바로 출동했습니다. 다친 곳 없으시죠?"

"다친 곳 하나 없이 말짱혀. 도와주셔서 감사해요. 이거 고마워서 주는 거니까 받아 주셔요."

나는 약과 박스를 건넸어.

"할머님 괜찮아요. 당연히 저희가 해야 할 일을 한 건데요. 다음에도 이런 일 생기시면 오늘처럼 행동하세요. 저희는 이만 가 보겠습니다."

"조심히 가셔유. 고맙습니다."

경찰관들은 돌아갔고, 나는 영감의 돋보기를 꺼내 들었지.

"영감이 나를 지켜주셨소. 112에 전화하라는 말이 떠올랐구려. 감사합니다. 영감……."

나는 도서관을 가려는 것을 까먹고 오늘 하루는 집에서 편히 쉬

었어. 그 뒤로 대부업자들이 집에 찾아오지 않았지. 모든 게 다 해결된 기분이었어.

※ ※ ※

다음 날 해가 중천에 뜬 후 저물고 있는 시간대였어. 비닐 봉다리에 한글 공책이랑 교재를 넣고 부리나케 밖으로 나갔지. 약도를 보니 일단 동명강 다리를 건너야 했어. 우리 영감 묘에 갈 때도 동명강 다리를 건너는데 도서관은 한 번도 보지 못했어. 아마 내가 아래만 보면서 걸어 댕기니 본 적이 없겠지. 근디 약도를 가지고 있어도 예순 먹은 할망구가 쉽게 찾기 힘들어 지나가는 사람들에게 계속 물어보았지. 친절하게 대답해 주었던 요구르트 아지매, 학교 수업이 끝나고 집에 가는 중학생 아가들에게도, 잠시 쉬었다 갈 겸 물이라도 한 잔 사 먹었던 슈퍼 아저씨에게도 길을 물었지. 우리 집에서 도서관까지 거리가 상당히 있었어. 영감의 묘지보다는 가깝지만 자주 가지 않던 길이라서 그런가. 내게 너무나도 힘들고 어려운 길이었지.

이른 아침부터 종일 걸어 다녔더니 다리가 너무 저려 포기하고 싶었지. 근디 여기까지 와서 포기하기에는 내가 너무 먼 길을 걸어 왔어. 잠시 휴식을 하여 체력을 단디하고 다시 힘차게 걸었지. 오늘따라 동명강 다리가 유난히 길어 한 걸음 한 걸음 걸으며

'포기를 혀고 집에 돌아가?'

'아니여, 여까지 왔는데 집에 가기 아깝지.'

하며 내 마음이 갈팡질팡하였어.

그러다 정말 더 못 걸을 때쯤 내 앞에 큰 건물이 보였어. 아! 도서관이구나. 삼수도서관인지 상수도서관인지 제대로 보지 못하고 도서관으로 들어왔지. 처음 와 보는 곳이여 어디에 가야할지 감을 못 잡고 있을 때 한 아가씨가 다가왔어.

"어르신, 제가 도와드릴 게 있을까요?"

"아이고, 예뻐라. 내가 물어볼 게 있는데 여서 공부해도 되는 건가?"

"어르신, 당연한 말씀을요. 여기에서는 책을 읽어도 되고, 공부해도 되는 곳이에요. 다만 시끄럽게 하면 도서관을 이용하시는 분들에게 폐를 끼칠 수 있답니다. 요 점만 주의해 주시면 되는 곳이에요. 어르신 제가 공부할 수 있는 자리로 안내해 드릴게요."

"아유 고맙슈. 근데 혹시 여기서 한글 알려 주는 것은 없는가?"

혹시나 하는 마음에 잔뜩 기대하면서 물어보았지.

"어르신 여기에서는 각자 개인공부를 하여서 한글 알려 드리는 수업은 하지 않는답니다. 가끔 수업할 때도 있는데 어린아이들을 대상으로 신청을 받아서요. 죄송해요 어르신."

"아유 괜자녀. 그냥 쪼끔 궁금해서 물어본 거여."

조금 실망했지만 혼자서라도 공부할 수 있는 곳이 생겨 실망한 마음이 금방 누그러졌었지.

나는 착한 아가씨를 졸졸 따라가 공부할 자리를 안내받고 앉았어. 처음에 자리에 앉자마자 어디서부터 어떻게 공부할지 되게 막막했는데 일단 챙겨온 공책이랑 교재부터 무작정 꺼냈지. 바스락바스락 꺼낼 때마다 소리가 나서 주변 사람들의 눈치를 살펴보며 조심스레 꺼냈어. 아 내의 실수. 다음부터는 비닐 봉다리 말고 제대로 된 가방에다 챙겨와야겠어.

겉옷 안쪽 주머니에 고이 넣어둔 영감의 돋보기를 책상 위에 올려두고 공부를 시작하였지. 그런디 어떻게 시작할지 모르겠어서 그냥 공책을 촤라락 넘기고, 교재도 촤르륵 넘겨보았지.

'책을 넘겨 보기만 하면 어찌하나 공부를 해야 하는디.'

하고 혼자 생각했지. 맘을 잡고 공부했던 부분들을 다시 펼쳐 읽어보았는데 아차 아까 착한 아가씨가 여기서 조용해야 한다는 말이 떠올랐어. 사람들의 눈치를 한 번 살펴보고는 조용히 눈으로 읽었지. 한글 수업을 받을 때는 처음에 소리 내어 읽은 후 공책에 따라 쓰는 수업을 했더니 고것이 습관 되어 여서도 소리 내어 읽어 버렸지. 앞으로는 주의해야겠어. 그렇게 집중되지도 않으면서 오랫동안 그 자리에 앉아만 있으니 아픈 허리가 더 아파오고, 눈도 점점 침침해졌지. 더 이상 책을 봐도 눈에 들어오지 않을 거라는 걸 알고는 비닐 봉다리에 가져온 것들을 챙기고는 조용히 도서관을 나왔지. 밖에 나와 도서관을 쳐다보았어. 앞으로 잘 부탁한다는 마음으로 쳐다보았지. 이런 내 맘을 꼭 알아들었으면 좋겠다고 생각했지. 공부할 곳을 찾아 다행이어 집에 돌아가는 내 마음이 편하였어.

도서관을 다니게 되면서 나의 일과는 바뀌었지. 이른 아침부터 일어나 대충 세수를 하고는 밭으로 걸어 잘 자라나고 있는지 확인을 하면서 물을 뿌려 주지. 매번 물을 뿌릴 때마다 생각보다 밭이 넓지 않는데 혼자 하니 이 밭이 넓게 느껴졌지. 그렇게 물을 다 주고 나면 해가 뜨고 있어 뜨는 해를 바라보며 아침을 먹으러 집으로 향하지.

자주 아침을 챙겨 먹지는 않지만 도서관에 가서 공부하는 날에는 항상 아침을 챙겨 먹고 나가게 되었어. 아무래도 아침을 챙겨먹고 도서관으로 향하면 어느덧 해는 다 떠 있고, 열심히 그 먼 곳을 걸어가지. 그렇게 걷고 또 걸으면 도서관이 내 눈앞에 떡하니 나타났어. 도서관을 매일 오고 싶지만 농사일 때문에 힘들기도 하고, 걸어오고 돌아가는 그 길이 너무 고되 일주일에 4일만 공부하러 오고 있지. 도서관에서 하는 공부는 아무런 진전 없이 똑같은 거 같아. 항상 영감의 돋보기는 책상 위에 올려 두는 것부터 시작하여 공책이랑 교재를 들추어 보기도 하고 요번에 들어서는 아가들이 보는 짧은 동화책도 읽어 보려고 노력하고 있어. 근디 쉽지 않더라고······. 그런데 나도 모르게 소리 내어 글을 읽고 있어서 주변 사람들에게 미안하더라. 그래갖꼬 처음 도서관에 왔을 때 내를 도와주었던 착한 아가씨가 도서관에 올 때마다

"어르신, 오늘도 공부 열심히 하시구요. 조용히 공부하셔야 하는 거 알고 계시지요?"

하고 매번 귀띔을 주었지. 하지만 할매 기억이 그리 오래갈까 어김없이 소리 내며 글을 읽고 있었어. 그렇게 해가 저물 때까지 공부하다가 배꼽시계가 울리면 가지고 온 것들을 챙기고, 제일 중요한 돋보기를 겉옷 주머니에 단디 챙겨서 도서관을 나와 집으로 돌아갔고 가끔 영감이 보고 싶은 날에는 힘들지만 묘지까지 가서 영감에게 하루 동안 있었던 일들을 이야기하고는 한참을 쳐다보다가 집으로 돌아갔지. 전에는 영감을 보고 오면 기분이 좋아졌는데, 요즘은 영감을 보고와도 기분이 울적하였어. 영감이 떠난 지 벌써 3개월이라는 시

간이 느린 듯 빠르게 지나갔더라구. 여전히 내 맘은 허전하지만…….
그렇게 일주일이 금방 지났고 도서관에 다녀왔더니 오랜만에 아들
놈에게서 편지가 왔었지.

　엄니에게

　엄니 혼자서 잘 지내고 계신지요? 저는 매번 알려드리지만 잘 지내고 있어요.
내가 엄니 옆에 있었으면 엄니가 덜 외롭고 덜 허전할 건데. 휴가 내보고 싶었는데
갑자기 일이 생기는 바람에……. 다음 주에는 꼭 집으로 갈게여. 기다리고 계셔요.

　아, 주민 센터에서 더 이상 한글 수업 안 한다고 연락받았어요. 엄니 아쉬워서 어
쩌겠어. 내가 시간 날 때마다 공부할 곳 찾아볼게. 혼자 있다고 끼니 거르시지 마시
고 꼭 챙겨 드슈. 항상 건강 챙기시고, 보고 싶어요.

　　　　　　　　　　　　　　　　　　20xx년 xx월 xx일 아들 보냄

　어떤 내용이 적혀 있는지 읽지도 못하는데 그래도 아들이 곁에
있다고 생각한 건가 편지를 읽지 않아도 아들놈의 마음이 다 전해졌
어. 이제껏 아들놈의 편지를 받고 한 번도 울지 않았던 내였는데 갑
자기 눈물이 흘렀어. 영감이 없어도 괜찮다고 다짐했는데 그게 아니
였구나. 아들놈의 편지를 읽지 않아도 괜찮았지만 이번에는 늦더라
도 꼭 답장을 보내 주고 싶어 주민 센터로 갔지. 주민 센터로 가면서
오랜만에 푸른 하늘을 쳐다보았어. 아주 곱더라 푸렇게. 주민 센터
에 도착하여 전에 우리 동네 책자를 주었던 총각을 찾고 있었어. 그
런데 아무리 둘러보아도 그 총각은 코빼기도 보이지 않았어. 그래서
아무에게나 가서 도움을 청했지.

"이거 군대에 있는 우리 아들놈이 보낸 건데 내가 글을 읽을 줄 도 쓸 줄도 몰라서 그러는디. 혹시 시간 쪼끔 있으면 요것 좀 읽어 주면 안되나?"

"잠시만요 어르신. 요것만 끝내고 도와드릴게요."

푸근하게 생긴 아가씨가 친절히 대답해 주었어. 그 아가씨 일이 끝날 때까지 의자에 앉아 있었고, 한 5분이 지나니

"어르신. 아까 뭐 도와달라고 하셨지요?"

하고 나에게 다가왔지.

"요것 좀 읽어 주슈 내가 까막눈이라."

아가씨가 편지를 보더니 내가 알아들을 수 있도록 가까이 다가 와 천천히 읽어 주었어.

"…… 아드님이 어르신 잘 지내고 계신지 궁금하셨나 봐요. 자주 편지 보내시나 봐요? 혹시 실례가 되지 않는다면 어르신 아드님 직 업을 물어봐도 괜찮을까요?"

"당연히 괜안치. 우리 아들 그 군대에서 직업군인으로 일하고 있 슈."

"되게 멋지신 일 하시네요. 어르신 동네방네 자랑하셨겠어요."

"아니 난 반대했슈. 아들이 하나라서 금이야 옥이야 키웠어. 그러 다가 공무원 시험을 준비하다가 갑자기 군인이 돼 가지고 일하겠다 고 했었지. 근디 하나뿐인 아들을 멀리 보내고 일하게 하려니까 걱 정이 돼서 공무원 시험이나 열심히 준비하라고 하는데도 아들놈은 끝까지 하겠다고 고집을 부려서. 이 세상에 자식 이기는 부모가 있 나……. 그냥 아들 하고 싶은 거 하라고 포기했지. 근디 그때 포기하

길 잘한 거 같아. 너무 멋있어. 울 아들놈."

하고 오랜만에 아들 자랑을 마음껏 하였지.

"어르신, 제가 더 도와드릴 게 있을까요?"

나는 아들 자랑을 멈추고

"아. 내가 아들 자랑을 너무 길게 했네. 내가 말하는 거를 요기다가 써 줄 수 있을까? 아들놈에게 답장 보내고 싶어서."

아가씨는 황급히 볼펜을 찾아와 적을 준비를 하고 있었어.

아들아, 엄니는 잘 지내고 있다. 어떻게 알았는지 모르겠지만 한글 수업을 더 이상 안 해준다. 그래서 내가 직접 공부할 수 있는 곳을 찾아보았어. 너 바쁘고 힘들 건데 시간 내가지고 찾고 있지 말어. 아 엄니 너가 어릴 때 시험 공부한다고 갔던 도서관에서 혼자 공부하고 있슈. 역시나 혼자 하기 힘든데 그래도 열심히 하고 있다. 아가들이 있는 동화책도 읽어보고 있어. 근디 쉽지 않더라. 곧 있으면 니 편지도 제때 읽고 답장도 할 수 있을 것이여. 나도 많이 보고 싶다. 언능 집에 와 엄니가 맛있는 거 해놓고 목 빠지게 기다리고 있을께.

엄니가

답장을 쓰고 나서 아들에게 편지를 보내주는 것까지 도와주었어. 너무 고마운 마음에 주머니에 있던 약과를 주었어.

"내가 너무 고마워서 주는 거니까 사양하지 말고 언능 받아 주시게. 그리고 아가씨만 괜찮으면 가끔 답장 쓰는 거 오늘처럼 도와주실 수 있나? 아주 가끔"

아가씨는 약과를 받고는

"당연하지요. 언제든지 오세요. 도와드릴게요."

"아이고 너무 고마워라. 이렇게 참한 아가씨가 우리 동네에 있었나. 오늘 너무 고마웠슈. 이제 고만 괴롭히고 내는 가 볼게."

"어르신. 조심히 들어가세요."

오늘 하루는 최고였어. 도서관에서 새로운 단어를 읽을 수 있게 되었고, 오랜만에 소식을 알고 싶었던 우리 아들놈에게서 편지가 왔고, 친절하게도 나를 도와 우리 아들에게 답장을 써준 주민 센터 아가씨까지 너무나도 행복한 하루였지.

* * *

행복했던 날들도 잠시 감기에 걸려 한동안 도서관에 가지 못하였지만 집에서라도 복습하고 또 복습하고를 반복하였어. 하도 공책이랑 교재를 들추어 보니까 표지는 떨어져나갔고, 너덜너덜해졌지. 너덜해진 공책을 보자니 이렇게 열심히 공부했던가 하고 은근 뿌듯하였지.

그런데 병원에 가 보지 못하여서 감기는 쉽게 낫지 않았고, 집에 혼자 틀어박혀 공부하는 것도 슬슬 지겨워졌어. 혼자 집에 있는 게 정말 심심하였는데 어느 날 누가 문을 '똑똑똑' 두들기더니

"엄니, 문 좀 열어 주슈."

하고 아들 목소리가 들렸어. 나는 아파서 환청이 들리는가 하고 가만히 누워 있었지. 그런데 다시

'똑.똑.똑.'

"엄니 문 열어 주시요. 집에 없는 겨?"

하고 또 다시 아들 목소리가 들렸어. 나는 혹시나 하는 마음에 문을 열었지. 그랬더니 두 손 가득 짐을 들고는 서 있는 게 아니겠어.

"온다는 이야기도 없이 갑자기 와 버리면 어떡혀. 먹을 반찬도 없는데."

그래도 내심 아들이 와서 좋았어. 나는 아들에게 아픈 모습을 보여주고 싶지 않아 평소보다 더욱 밝게 아들을 대했어.

"엄니, 나 엄니랑 있을라고 휴가 냈지. 그니까 나 있는 동안 혼자하기 힘들었던 거랑 하고 싶은 거랑 다 이야기 혀. 내가 다 해 줄게."

아들이 웃으며 말했어.

"됐어. 이놈아. 나는 와 준 것만으로도 충분혀. 배고프지 우리 아들 좋아하는 된장찌개나 끓일까?"

"된장찌개 좋지. 머 도와줄 거 없나?"

"그냥 가만히 앉아 있는 게 도와주는 거라고 알면서."

간만에 끓여서 그런지 만드는 방법이 가물가물하였어.

"아들 밥 묵자."

함께 밥을 먹으며 그동안 못하였던 이야기들을 하였지. 잘만 이야기하고 있다가 정적이 흐리더니 아들이 말을 꺼냈어.

"엄니, 대부업자들 안 찾아오지?"

"그 일 후에 다시는 안 찾아오더라."

"어? 그 일이 뭔데? 엄니 나 없는 동안 무슨 일 있었어?"

나는 아들의 물음에 그날 있었던 일들을 이야기해 주었어. 아들은 놀랐는지 눈이 동그래졌더라.

"엄니 진짜 위험했겠네. 이런 일 있을 때 내가 옆에 있어 줘야 하는데. 이런 아들이어서 미안해."

그런 말을 하는 아들의 모습을 보니 말문이 턱 막혔어. 우리 아들이 이런 생각도 하고 있었구나 하고. 그러다가 아들은 진지하게 분위기를 잡더니 말을 꺼냈어.

"엄니 혼자 있기 외로운데 나 군대에서 일 고만하고 엄니 옆에서 같이 살까?"

그 소리를 듣자마자 헛기침이 나왔어.

"그게 먼 소리여. 네가 하고 싶다고 그렇게 고집을 부릴 때는 언제고. 지금 와서 고만헌다고 하면 엄니가 '아이고 잘 생각혔어. 엄니랑 살자' 할 줄 알았나 봐. 그딴 소리 할 거면 다시 군에 들어가."

하고 버럭 화를 냈어.

"나는 엄니 생각해서 한 말이었는데. 그래도 그렇게 말해 주니 기분은 좋네."

그러고는 다시 정적이 흐르더니 내가 먼저 말을 뗐지.

"밥 다 먹고 큰 슈퍼 가자. 엄니 공책 다 썼어. 그리고 간 김에 혹시 혼자 한글 공부할 수 있는 책은 없을꼬? 한 번 찾아보러 가자."

"오, 그 공책들을 벌써 다 썼어? 열심히 공부했나 봐. 밥 다 먹고 가보세."

아들은 황급히 밥을 먹었어. 오랜만에 아들 차를 타고 동네를 벗어나 큰 슈퍼로 가니 신이 났어.

"저번에는 내가 아무렇게 공책 골라 줬는데 요번에는 엄니가 하고 싶은 공책으로 골려."

"난 우리 아들이 골라 주는 공책이 좋더라. 그니까 예쁜 걸로 어여 골라 봐."

아들은 꼼꼼히 보더니 예쁜 꽃밭이 그려진 공책 5권, 하트로 꾸며진 공책 5권을 집었어.

"너무 많이 사는 겨 아녀?"

아들이 대답했어.

"엄니, 공책 언능 쓰는 거 같으니까 온 김에 많이 사둬. 내가 또 언제 올지 모르잖어."

공책 10권을 바구니에 넣고 한글 책을 사러 갔어. 되게 여러 종류가 있더라 나는 뭣이 좋은지 아예 몰라서 아들만 믿고 있었는디 우리 아들놈도 잘 몰라 직원에게 물어봤어.

"혹시 어르신들이 처음으로 한글 배울 때 혼자 할 수 있는 책이 있나요?"

"잠시만요. 여기 요 책이 어르신들이 배우기에는 쉬운 책이에요. 요 책이 다 끝나면 보통 요 책을 다시 사가셔요."

"그러면 두 권 다 주세요."

직원은 종이가방에 책 두 권을 담아 주었고, 증정으로 예쁜 책가방을 하나 주었지.

"어르신 요 가방은 아드님이 너무 착해서 드리기도 하는 건데 어르신 꼭 한글 공부 잘하시라고 드리는 겁니다. 열심히 하셔유."

나와 아들은 계산대에서 계산하던 도중 저번에 처음 공책을 사러 왔을 때 계산해 주었던 아가씨가 말을 걸었지.

"할머님. 되게 오랜만에 보네요. 그간 잘 지내셨어요? 오늘도 아드님이랑 공책 사러 오셨네요."

"아, 전에 봤던 그 아가씨네, 잘 지냈지요. 전에 샀던 공책 다 써 가지고 아들이 여 온 김에 많이 사자고 해서 샀슈."

하고 대답했어.

"어르신 조심히 가시고 또 오세유."

나는 아들이랑 집으로 곧장 가려다 영감님께 들렀지.

"아버지, 아들 왔소. 제가 다시 군대 들어가기 전까지 엄니 옆에서 많이 도와드릴게 위에서 잘 지켜보고 있어요."

하고 이야기하였다. 나는 매번 영감의 묘에 갈 때마다 아주 사소한 이야기까지 영감에게 하였는데 오늘따라 입이 떨어지지 않았다. 그리고 집에 도착하자마자 우리는 대낮부터 낮잠을 잤지. 오랜만에 아들 팔을 베고 편히 잠을 잤지……. 우리는 정확하게 저녁 먹을 시간에 배꼽시계가 울려 잠에서 일어났지. 아까 먹었던 된장찌개와 상추로 간단하게 저녁을 먹고는 아들놈이 낮에 사온 한글 책을 꺼내 들었어.

"엄니. 나 있을 때 기본적인 것만 일단 알려드릴게. 여 와서 보슈."

아들이 말한 하나하나 다 기억하려고 귀를 쫑긋 세우고 들었지. 역시나 우리 아들 공부도 잘하고 설명도 잘하니 이만한 한글 선상 저리가라 할 정도였어. 그렇게 저녁 늦게까지 공부하다 보니 벌써 책 반 권이나 공부한 거여. 나는 하루 만에 이 많은 내용을 알았다는 깨달음에 너무 신이 났지. 아들도 신이나 보였어.

"이러다 우리 엄니 나보다 한글 더 잘하는 거 아녀?"

그런 농담을 주고받으면서 잠을 잤지. 그렇게 시간이 지나고 아들놈이 군대로 돌아가는 날이 왔지.

"엄니 내랑 공부한 것만 알아도 나한테 혼자서 편지 쓸 수 있을 거여. 그렇다고 해서 한글 공부 고만하라고 한 것은 아니여. 몸 건강히 지내시고."

아들이 갔고, 아팠던 나는 아들이 온 날 바로 나았다. 육체적으로 아픈 것이 아니라 정신적으로 아팠던 것 같았지. 그래도 오늘부터 다시 도서관에 가서 공부할 생각에 기분이 좋았어.

오늘따라 도서관에 가는 길이 억수로 짧게 느껴졌지. 원래는 동명강 다리만 건너도 힘들었는데 오늘은 도서관에 도착해도 힘들다는 느낌이 없었어. 그런 생각을 하니 울 아들이 말했던 게 생각나네.

"엄니는 도서관 가는 거 별로 안 힘들겠네. 좋으니까. 근디 아버지 묘까지 걸어가는 거는 힘들겠다."

아들의 말에 나는 곰곰이 생각해 보았지.

"아니. 니 아비 묘까지 가는 게 더 안 힘들지. 울 영감님 볼 생각에 없던 힘도 솟아서 가는데 어찌 고것이 힘이 드나. 엄니는 도서관가는 게 더 힘들어."

그렇게 대답하였어.

'아니 요즘은 둘 다 안 힘들어. 둘 다 내가 좋아하는 일이니까. 갈때마다 설레지…….'

하고 다시 아들에게 대답해 주고 싶었어.

＊ ＊ ＊

"어르신 오랜만에 오셨네요?"

하고 도서관 아가씨가 물었어.

"내가 감기에 걸려 갔고 못 왔지. 근데 우리 아들놈의 한글 알려 주었슈."

"어르신 좋으셨겠네요. 오늘도 항상 앉으시는 자리로 가시나요? 제가 안내해 드릴게요."

하고 내 가방을 들어주었어.

"아녀 오늘은 다른 자리에서 공부할라고. 가방 이리 주슈."

내는 가장 눈에 먼저 띈 자리에 앉았어. 내 자리 대각선으로 사람이 있는 듯해 보였지. 역시나 먼저 돋보기를 꺼내두고 공부할 책들을 꺼냈어. 내가 항상 돋보기를 꺼내 두는 이유 우리 영감이랑 같이 공부하고 싶어서 아니 그냥 영감이랑 한곳에 같이 있고 싶기 때문이야.

울 아들이 군대에 다시 들어가기 전에 공책에다가 내 이름 '김꽃분'을 써 두고는, 공책 귀트머리에 '이름 쓰면서 외우기!'라고 아들놈이 적어 두었어. 열심히 이름을 적고 보니 엄청 신기하였어. 내 이름을 이렇게 쓰면 되는구나. 남은 칸에도 열심히 이름을 적었어. 다 쓴 후 내는 한글 책을 꺼내 맞춤법 공부를 하고 있었어. 혼자서 공부하기에는 역시나 힘들더라. 그래서 책은 펼쳐 두고 계속 읽고 있는 동화책을 꺼내들어 읽었지.

아차 또 소리 내어 읽어 부렸네. 나는 조용히 해야지 하고 맘을 먹은 지 또 얼마 안 가 또 소리 내어 읽어 버렸지. 도서관의 모든 사람이 나를 향한 것 같아 화장실 볼일을 보러 갈 겸 자리를 피했지.

화장실 다녀와 자리에 앉으려고 하였을 때 책상 위에 놓여 있는 종이 한 장을 발견하였어.

'공부에 방해됩니다. 조용히 좀 해 주세요.'

그리고 그 밑에

'+그리고 '뵈요'가 아니고 '봬요'에요.'

라고 적혀 있었어. 아마도 조용해달라고 종이를 두고 가려다 내가 공부하다가 중간에 포기하여 그래도 펼쳐 두었던 한글 책에서 틀린 부분을 봤나 보다. 누가 이래놓았는지 궁금하여 작은 눈을 크게 뜨고 주변을 둘러보니 대각선에 앉아 있는 아가씨가 보여 주머니 속에 있던 약과 하나와 책상 위에 놓여 있던 종이, 내 한글 책을 들고 그 아가씨에게 내밀면서

"이거 아가씨가 적었슈?"

하고 물었어.

"네?"

아가씨의 표정을 보니 굉장히 당황스러워 보였지. 혹시 내가 한 소리라도 할까 봐 당황한 건가……?

그래서 나는 언능 약과 하나를 건네며

"이것도 좀 알려 주쇼. 내가 약과 하나 더 줄랑께."

그렇게 그날부터 그 아가씨와 내는 하루에 한 문제씩 아니 그 이상. 내가 종이에다가 큼지막하게 질문을 적어 그 아가씨 자리에 올려 두면 종이에 답을 적어 내 자리에 다시 올려 두었어. 그런데 그 아가씨가 자그만한 글씨로 써놓아 돋보기를 끼고 읽어 보아도 글씨가 너무 작은 탓에 제대로 읽을 수 없었어. 그래서 나는 종이를 들고 아가씨에게 다가갔지.

"내가 눈이 침침해서 잘 안 보이는데 다시 써 줄 수 있슈?"

그 아가씨가 나를 한 번 쳐다보고는 웃더니 종이를 받아 다시 큼

지막하게 답을 써 주었어.

참 예쁜 아가씨여. 다시 자리로 돌아가 열심히 한글 공부를 하였고, 저녁 시간이 되자 집으로 돌아갔지.

❋ ❋ ❋

오늘도 도서관에 왔어. 먼저 돋보기를 책상 위에 올려놓기 위해 겉옷 주머니를 뒤적거렸지만 돋보기 통이 만져지지 않았어. 돋보기에 발이 달렸나? 우리 영감의 유품인데. 정말 중요한 건디……. 나는 어쩔 수 없이 돋보기를 찾고 공부를 하기 위해서 도서관 사이의 바닥을 뚫어져라 보면서 어슬렁거렸지.

"혹시 무슨 일 있으세요? 도서관에서 계속 돌아다니면 사람들에게 피해를 줄 텐데요."

내는 눈썹을 찡그린 채 말을 건 사람을 쳐다보았어. 그 아가씨더군.

"할머니, 혹시 안경 잃어 버리셨어요?"

안경? 아 돋보기 말하는 거겠지. 어떻게 알았나? 그 아가씨가 골똘히 생각하더니

"할머니, 잠시만 기다려 주세요."

하고는 밖으로 나갔어. 어딜 간 거지. 그러더니 손에 무언가를 쥐고 나에게로 다가왔어.

"할머니 이 안경 맞죠?"

"어이구 세상에, 이걸 어디서 찾았슈?"

"분실물로 보관하고 있었대요. 누가 분실물로 신고해 줘서 다행

이에요."

"이걸 고마워서 어째, 보답을 뭐로 해야 하나."

"정 고마우시면 전에 주셨던 약과 챙겨 주세요."

그렇게 집에 가자마자 아가씨에게 보답할 약과 한 박스를 챙겼지 그러고는 다음날 약과 한 박스를 아가씨에게 주었어. 조금이나마 그 아가씨와 가까워진 느낌을 받았지. 그렇게 아가씨와 함께 공부하면서 내 한글 실력도 나날이 늘었지. 어린아이들이 읽는 동화책도 예전보다는 빨리 읽을 수 있게 되었고, 한글 책에 있는 한글 맞춤법 문제들도 옳게 풀 수 있을 정도로 늘었어.

그리고 약 2주 만에 우리 영감을 보러 갔지.

"영감 나 왔슈. 오랜만에 왔는디 잘 지내고 있었는가? 요즘 도서관에 한글 선생님인 듯 아닌 아가씨가 내를 많이 도와주고 있슈. 내가 잃어 버린 당신 돋보기도 찾아 주고 궁금한 것도 물어보면 항상 웃으면서 알려 주고 아 전에 물어보니까 복지사 같은 거 준비하고 있다고 했던 것 같슈. 우리 아들놈은 또 연락이 안 오고 있당께. 내가 주민 센터 분한테 도움받아서 가끔 아들한테 편지 보내는디. 고것도 답장이 없슈. 무슨 일 생긴 건 아니겠지요? 영감이 우리 아들 잘 지켜봐 줘요. 그리고 내 꿈에 좀 와 주세요 보고 싶구만. 벌써 해가 지니 오늘은 이만 가고 나중에 또 올게유."

영감을 보고 집에 가는 길은 언제든지 힘이 났지. 집에 도착해 우체통을 살펴보았어. 오늘도 역시 아들놈이 보낸 편지는 없었지…….

오랜만에 주민 센터에 가니 시 짓기를 하고 있더군.

'오늘은 날이 아닌가 보네.'

하고 주민 센터를 나오려던 찰나 활짝 웃으며 나에게 다가오던 총각이

"할머님도 시 한 편 짓고 가슈. 재미있으실 건데."

"내는 안 혀. 시 짓는 거 어떻게 하는지도 모르고 내 글씨 안 예뻐서 안 쓰고 싶슈."

"아아 할머니 제가 도와드릴게여 한 편만 짓고 가슈."

그렇게 우리 아들놈처럼 고집을 피우더라. 마지못해 자리에 앉아 갑작스럽게 시를 짓고 있었지.

"할머님 혹시 짓고 싶은 시 없으신가?"

"할매가 짓고 싶은 시가 어데 있노. 농사일 하느라 바빠 그런 거 할 시간이 없지요."

"음……, 그러시면 할머님 남편이나 자식한테 하고 싶은 말들은 없슈?"

"그렇게 말하니 우리 영감에게 시 한 편 지어 주고 싶네. 근디 시가 머여?"

"그러면 요 종이에다가 써 보시고. 어려운 거는 저한테 물어보고유. 음……, 시라는 것은 편지처럼 긴 게 쓰는 거 말고, 짧게 쓰는 편지 같은 거유."

나는 골똘히 생각하면서 한 자 한 자 써 내려 갔지.

"이제 어르신들 시 다 지어보신 것 같은데 한 번 읽어 볼까요?"

그렇게 한 명씩 이름이 불리면 앞에 나와 시를 읽었어. 내 이름도 불렸지.

"김꽃분 할머니 앞에 나와서 읽어 보실까요?"

"예…… 예"

굉장히 부끄러웠지. 거기에 있는 모든 사람이 나를 쳐다봐서 덜덜 떨면서 시를 읽었지.

우리 영감

김꽃분

우리 영감
목소리에 뿅 반하여
함께 산 지 어느덧 50여 년
탱탱한 시절 장가 왔다가
벌써 쭈굴쭈굴한 할배 다 됐네.

많이 보고 싶은디 볼 수 없는 영감
내 꿈속으로 찾아와 달랑께
저 윗분이 안 보내주는겨
당신이 못 찾아오는겨
기다리고 있을 테니 언제든지 오슈.
기왕이면 어여 오슈.

시를 읽으면서 손이 떨리고 목소리도 떨렸어. 툭 건들면 울음이 쏟아질 것 같았지.

"김꽃분 할머님께 박수."

사람들에게 박수를 받자마자 눈물이 흘렀어.

"아이구 할망구가 주책이지 눈물이 다 흐르고."

그 말을 하고는 주민 센터를 나와 집으로 향했어. 영감에게 하고 싶은 말 했는데 맘이 편하질 않고 왜 더 힘든 것이여. 불 꺼진 채 냉기가 도는 우리 집이 너무 싫었어. 그 다음날 잡생각을 없애려고 도서관에 갔지. 돋보기를 올려 두고 책을 펼쳐 문제들을 풀어보았지만 잡생각이 사라지지 않았어. 그래서 동화책을 꺼내 읽으려고 하는데 글이 또 읽혀지지 않는 것이여.

'그새 도서관 안 왔다고 까먹은 것이여 이 할망구 치매구만 치매여'

기분도 울적하여 그냥 도서관 밖을 나왔지. 그러고는 밭에 가서 일이나 하면서 몸을 움직였어. 문득 주민 센터에서 지었던 시가 생각나 마음이 더욱 울적해지더라. 그렇게 일을 하다가 잠시 쉬려고 허리를 펴 밭 주변을 둘러보니 영감의 모습이 보였어.

"영감, 여기서 머 하시는거여? 영감?"

나는 눈을 비볐지.

'아, 아니구나. 영감이 여 있는 게 이상혀지. 여 있다는 게 말이 안 되잖아. 허탈한 마음에 나는 다시 일에 집중하였어.'

다음날은 늦게까지 잠을 자다 일어나 우체통을 한번 쓰윽 보았지. 저 녹색 봉투.

'우리 아들이구나.'

하고 편지를 뜯었지. 나는 일단 혼자서 편지를 읽어 보았어.

"엄니, 잘······지······내······는······가?"

잘 지내지 이놈아.

"밥······. 잘 챙겨 먹·······고 있는가?"

밥도 잘 먹고 있는데 혼자 먹으니 맛 없드라. 그렇게 천천히 편지를 읽어 보았어. 근데 반도 못 읽고 답답해서 주민 센터로 갔지. 나는 주민 센터에 도착하자마자 푸근한 아지매를 찾았지.

"오랜만에 왔지여? 요것 좀 읽어 주슈."

"네, 어르신 잠시만요."

아지매가 하던 일을 다 끝낼 때까지 기다리고 있었지.

"어르신 답장 뭐라고 쓰면 될까요?"

"아, 잠시만 생각 좀 혀고······."

그렇게 곰곰이 생각하고는 그 아지매와 함께 답장을 썼지. 아 내가 쓴 부분도 있슈.

'20xx년 xx월 xx일 엄니 김꽃분'

김꽃분 내 이름 세 자를 내가 직접 적어 편지를 보냈어. 우리 아들에게 내 이름 쓸 수 있다고 언능 확인시켜 주고 싶었지. 아들놈의 반응을 직접 보고 싶었지만······.

답장을 보내고 나서도 열심히 한글 공부에 집중하였지. 조금만 더 공부하면 글을 읽을 수 있을 것 같았어. 도서관에 가려다가 우리 집 우체통에 녹색 봉투가 빼꼼 나와 있었지.

'아들 편지구나.'

하고 집으로 다시 들어가 녹색 봉투를 뜯어보려고 하였는데. 봉투가 두 개인 거야. 느낌이 싸아 했어. 그래서 주민 센터로 황급히 뛰어갔어. 그런데 연휴로 인해 주민 센터가 일주일 동안 문을 열지 않았어. 아마 대부분의 시설이 운영을 하지 않아 편지를 읽어달라고 할 사람이 없었을 거야. 동네 사람들도 연휴로 가족들을 만나러 가서 아무도 보이지 않았지. 나는 그 편지를 읽어 보려고 애를 쓰다가 밥도 챙겨 먹지 않고 씻지도 않으면서 살아갔지.

＊ ＊ ＊

하루하루가 지나고 연휴가 끝나자마자 나는 꼭두새벽부터 주민 센터 앞에서 기다리다가 잠이 들어 버렸지. 사람들의 말소리와 눈이 부신 햇살이 내 눈을 뜨게 하였어. 얼른 정신을 차리고 내 편지를 항상 읽어주는 푸근한 아가씨를 찾았지.

"아가씨. 오랜만에 보네. 이것 좀 어여 읽어 주쇼. 빨리……."

아가씨는 편지를 훑더니 툭 하고 건들면 눈물이 쏟아질 것 같았어.

"엄니 저 잘 지내유. 긴 연휴 동안 혼자 잘 계시지요?……."

아가씨는 편지를 다 읽고는

"아드님이 걱정 많이 하셨나 봐요. 혼자 있으시니까……."

"아휴, 다행이네. 나는 봉투가 두 개나 와서 뭔 일 생긴 줄 알았네."

"근데 할머니 이제 저한테 편지 읽어 달라고 오지 마세요·. 정말 죄송해요……."

"엥? 그게 무슨 말인고? 오지 말라고 하면 이제 누가 편지 읽어주나?"

"어르신 그냥 오지 마세요. 조심히 가시구요."

나는 쫓겨나듯이 주민 센터를 나왔고 그 후로 아들놈의 편지도 오지 않았어. 나는 걱정이 되어 잠을 제대로 자지도, 밥을 챙겨 먹지도 못했지. 집에만 있기에 너무 답답하여 밭으로 향하였어. 우리가 농사하였던 그 밭은 다른 동네 사람이 사용하였지. 주변을 걷다가 발을 헛디뎌 밭 아래로 떨어졌지. 가만히 누워 있으니 눈부신 햇살 때문에 눈이 감겼고 우리 화호가 보였어.

'엄마. 나랑 같이 가자. 얼른 내 손 잡아.'

나는 화호의 손을 잡으려고 손을 뻗었지. 잡히지 않았어. 나는 꿈이구나 하고 눈을 떴지. 하지만 너무 생생했던 걸. 나는 더러워진 옷을 갈아입으러 집으로 향하였지. 집에 도착하여 옷을 갈아입으려고 할 때 누군가 집 문을 두들겼어. 문을 열어주었지.

"어머니⋯⋯. 잘 계셨습니까?"

내 눈 앞에 맏아들 박화훈. 그 녀석이 문 앞에 서 있었지.

"여기가 어디라고 찾아와! 썩 꺼지지 못해!"

그 녀석을 내보내려니 그 녀석이 말을 꺼냈어.

"어머니 화호 이 세상 사람이 아니래요. 이 말 하려고 온 거예요."

"뭐⋯⋯? 그게 지금 무슨 소리야. 우리 화호가 이 세상 사람이 아니기는."

"어머니 군대에서 온 편지 못 읽어 보셨어요. 아, 못 읽으시지요."

그 말은 듣는 순간 가슴이 내려앉았어. 나는 눈물이 떨어지더니 왈칵하고 쏟아졌어. 주머니에 편지를 챙기고는 집으로 나와 묘지로 향하였어. 묘지로 향하는 동안 나는 계속 주저앉았어. 심장은 터질 듯이 뛰었고, 눈도 계속 감겨 앞도 보이지 않았지. 앞을 제대로 보고 걸을 수 없어 휘청거리다가 가는 길에 그만 사고가 날 뻔했지. 힘들게 묘지에 도착하였더니 영감 묘지 옆에 또 다른 묘지가 하나 생겼더군……. 그것을 보고 나는 깨달았어.

'정말 우리 화호가 죽은 거야……?'

＊ ＊ ＊

나는 영감과 아들 묘지 사이에 누워 편지를 읽어 보았고 편지를 다 읽고 눈을 감았지.

'영감, 아들아, 엄니 왔어. 이제 나도 편히 갈 수 있겠어. 내가 죽으면 꼭 우리 가족 옆에 묻어 주었으면 좋겠네. 나 외롭지 않게 마중 나와 줘. 금방 가니까…….'

시원한 바람이 부는 푸른 잔디에 누워 평생 깨지 않을 잠을 청했지. 밥도 잠도 제대로 챙기지 않은 예순이 넘은 할매의 건강은 나빠져 세상을 떠나 버렸어.

내는 나의 마지막 날에 글을 읽을 수 있었지. 어떻게 갑자기 글을 읽을 수 있게 되었는지는 잘 모르겠지만 아들 편지와 또 다른 녹색 봉투 안의 종이를 읽고 맘 편히 눈을 감을 수 있었던 것 같아……. 아마 죽기 직전 신이 주신 마지막 행복이 아니었을까.

그리고 편지를 읽어 주었던 아가씨의 행동도 이해가 갔어. 그 편지 아니 유서 위에 아들이

'당신이 제가 보낸 편지를 저의 어머니께 읽어주시고, 답장을 써

주시는 거 알고 있습니다. 만약 이 유서를 읽게 된다면 우리 어머니에게는 평소에 보내는 편지처럼 잘 지내고 있다고 말씀해 주세요.'

라고 적혀 있더군. 그래서 거짓으로 편지를 읽어주고 다시는 찾아오지 말라고 하였던 것 같아. 아마 아들이 내가 혼자서 아들의 마지막 이야기를 담은 유서를 읽길 바랬나봐.

눈을 감을 때 나를 도와주었던 모든 사람이 생각나더라. 그중 편지를 읽어주고 답장을 써 주었던 푸근한 주민 센터 아가씨, 도서관에서 만나 질문을 하며 한글 공부에 도움을 주었던 도서관에서 복지사 공부를 하던 아가씨, 또 내가 도서관을 알아내 공부할 수 있는 장소를 알려준 싸가지 없던 주민 센터 총각…… 돌이켜보니 참 좋은 인연들이었어.

어떨 때는 박문수의 아내로, 또 어떨 때는 박화훈, 박화호의 엄마로 살아갔던, 아니 '김꽃분'이라는 사람으로 살았던 내 삶은 힘들었던 순간들을 극복하고 밝게 피어난 한 송이 꽃 같은 삶이 아니었을까…….

❀ ❀ ❀

당신들의 모든 것을 주셨던 우리 아버지, 어머니에게……, 그리고 형

이 편지를 읽고 있다면 나는 더 이상 이 세상 사람이 아닐 겁니다. 일단 너무 슬퍼하지 마세요, 저는 저의 모든 순간이 행복하였습니다. 저는 '박문수' 아버지에게서 강인하게 자라는 법을, '김꽃분' 어머니에게서 예의바르게 자라는 법을 배웠습니다. 당신들은 나에게 많은 것을 주고, 많은 것을 알려 주셨습니다.

저는 아마 명예롭게 전사하였을 거예요. 만약 제가 죽는다면 저를 우리 가족 옆에 묻어 달라고 하였어요. 그렇다면 저는 지금 가족 옆에 있을 거예요. 이 편지를 읽고 나서 '우리 아들이 후회 없는 삶을 살았구나, 그런 삶을 살 수 있도록 우리가 많이 도와주었구나' 하고 꼭 알아 주셨으면 해요.

그리고 우리 형, 박화훈. 형의 행동이 잘못되었다는 것을 언젠가 깨달았으면 좋겠어. 그 언젠가가 빨리 오기를 바랄게. 만약 내가 죽으면 우리 아버지, 어머니 옆에 있어 주라. 부탁할게. 그리고 얼른 빚 다 갚아서 형도 후회 없는 삶을 살았으면 좋겠어. 저 위에서 기도할게.

저는 오늘 목숨을 바쳐 작전을 나갑니다. 이 편지가 우리 가족에게 천천히 아니 평생 전해지질 않길 바라면서요. 그렇지만 만약 이 편지를 받게 되더라도 너무 슬퍼하지 마세요. 사랑합니다.

또다시 만날 그날을 기약하며 아들 박화호 올림

차근차근 성장해 나아가는

김채령 이야기

이효림

나는 당신들과는 다르게 영원히 나이는 먹지 않을 테니까.
당신이 언제, 어디서, 왜, 무슨 이유로
이런 육하원칙들은 모두 제외하고서
당신이 날 찾아온다면 언제든지 웃으며 환영해 주겠다.

작가소개

소프트웨어 개발자가 장래희망인 평범한 중3 여학생입니다. 글의 'ㄱ'자도 모르는 전형적인 이과생이었던 제가 동아리 활동으로 인해 처음으로 펜을 들게 되었습니다. 평소 좋아하던 일도 아니고 목표하는 진로와 관련이 있는 활동도 아니지만, 마지막 중학교 생활을 의미 있는 활동으로, 또 친구들과 하나의 추억을 쌓기 위해서 책을 쓰게 되었습니다. 군이 무언가를 얻기 위한 독서 활동이 아니더라도 이 글을 읽으시는 분들께서 글 안에서 잠깐의 휴식을 찾게 되면 좋겠습니다.

띠띠띠띠- 띠띠띠띠-

머리맡에서 시끄럽게 울려대는 알람 소리에 눈을 떴다. 휴대폰 화면 불빛으로 인해 눈이 부셔오는 탓에 눈을 잔뜩 찡그린 채 시간을 확인했다. 오전 6시 30분이다. 벌써 시간이 이렇게 되었던가. 다시 감기려고 하는 눈을 억지로 뜬 채 기지개를 쭈욱 켠 후 화장실로 향했다. 학교에 가기 위해 양치를 하던 중 거울 속의 나와 눈이 마주쳤다. 오늘따라 얼굴이 더 부어 보이는 것 같다. 어젯밤에 라면을 먹고 잔 것이 그 이유일 것이다. 아무래도 오늘은 얼굴을 조금이라도 가라앉히기 위해 평소보다 더 차가운 물로 세수를 해야 할 것 같다. 지금은 이렇게 실없는 생각을 하고 있을 때가 아니다. 학교에 지각하지 않으려면 지금부터 부지런히 준비해야 한다. 나는 세수를 하기 위해 차가운 물을 한가득 받았다. 역시 잠 깨는 데에는 차가운 물이 특효약이다. 슬쩍 손만 가져다 댔을 뿐인데 잠이 번쩍 깨는 것 같다. 세수를 다하고 난 후 말똥말똥해진 정신으로 방 안에 들어왔다.

방에 들어오자마자 옷장 한편에 걸려 있는 교복이 눈에 띈다. 오늘도 저 갑갑한 교복을 입어야 한단 말인가. 언제나 느끼는 것이지만 우리 학교 교복은 디자인도 별로고 입고 다니기도 불편하다. 대체 교복은 누가 디자인하는 건지. 내가 발로 디자인해도 이것보다는 더 잘할 것이다. 이런저런 생각을 하며 세상에서 제일 편한 잠옷과 눈물겨운 이별을 겪으며 함께해서 별로 좋았던 기억이 없는 교복과 재회했다. 내가 침대에서 일어나 교복까지 갖춰 입으면 약 30분 정도의 시간이 걸린다. 오전 7시가 되면 부엌에서 엄마께서 나를 부르는 소리가 들려온다.

"채령아, 아침 준비 다 됐다. 밥 먹으러 나오렴."

여느 때처럼 입고 있던 교복을 마저 주섬주섬 챙겨 입은 다음 엄마가 있는 거실로 나간다. 지금 시각은 7시 5분이다. 오늘은 늦장을 부리지 않은 탓일까. 다른 날보다 훨씬 여유롭게 밥을 먹을 수 있을 것 같다.

"잘 먹겠습니다."

짧게 감사 인사를 하고 밥을 먹기 시작한다. 오늘은 내가 좋아하는 계란말이가 식탁 위에 반찬으로 올라와 있다. 예기치 못한 행운을 맞이한 탓에 왠지 기분 좋은 하루가 될 수 있을 것만 같다. 밥을 다 먹고 난 후 습관처럼 휴대폰을 켜 시간을 확인하니 7시 53분이다. 지금 집에서 출발하면 늦지 않게 학교에 도착할 수 있을 것이다. 나는 묵직하게 느껴지는 책가방을 메고서 현관문을 나선다.

"학교 다녀오겠습니다!"

❖ ❖ ❖

학교 가는 길은 아무 생각 없이 걸을 수 있다는 장점이 있다. 이따금 오늘 급식은 무엇일까, 시험은 며칠 남았지 하는 생각을 하곤 한다. 이렇게 멍하니 걷다 보면 어느새 학교가 보이기 시작한다. 8년째 학교에 다니고 있지만 언제 보아도 참 정이 가지 않게 생겼다. 직사각형 모양이라니. 너무 딱딱하게 생기지 않았는가. 삼각형이나 원 모양으로 생겼다면 조금쯤은 흥미롭게 학교생활을 할 수 있었을지도 모르겠다. 지금 시간은 8시 15분이다. 등교 시간이 5분밖에 남지 않았다. 조금 서둘러야 할 것 같지만 정문이 코앞이다. 나는 굳이 뛰어가야 할 필요성을 느끼지 못해 내 속도에 맞춰 걸어갔다. 종이 치기 직전인 8시 19분, 아슬아슬하게 교문을 통과하고 내가 소속되어 있는 반인 3학년 1반으로 들어간다. 저기 아직 독서시간이 시작되지도 않았는데 벌써부터 책을 읽고 있는 친구가 보인다. 놀라게 해 줄까 하는 마음으로 살금살금 가까이 다가갔지만 얘, 책 거꾸로 들고 자고 있다. 약간의 허탈감과 함께 실망감이 밀려왔다. 나도 자리에 가서 잠이나 자야겠다.

눈을 떠보니 시계는 8시 50분을 가리키고 있다. 눈을 감은 지 5분도 채 지나지 않은 것 같은데 30분이 훌쩍 지나가 있다. 자고 있을 때만 빠르게 가 버리고 지루한 수학 시간에는 매우 천천히, 느릿느릿 움직이는 시계가 야속하게만 느껴진다. 내가 원하는 것은 항상 반대로 해 주는 시계를 원망하며 노려보고 있을 때, 누군가가 큰소리로 외친다.

"얘들아! 1교시 수학이야!"

오늘이 화요일이었단 말인가. 화요일은 내가 일주일 중 가장 싫어하는 시간표를 탑재한 요일이다. 내가 제일 싫어하는 과목 중 하나인 수학이 1교시에 있고 주말까지도 아직 한참 남아있기 때문이다. 엄마가 아침에 계란말이를 해 준 것도 오늘 1교시가 수학인 것을 알고 미리 위로해 주려 함이 아니었을까 하고 조심스레 추측해 본다.

지루하고 또 지루했던 수학 시간이 끝나자 9시 45분이 되어 있다. 1교시의 수학 시간이었지만 졸지 않고 열심히 수업을 들은 나 자신에게 존경을 표한다. 기분이 조금 더 좋아져 콧노래를 흥얼거리고 있을 때 불현듯 과학 수행평가가 있었다는 사실이 내 머릿속을 빠르게 스쳐 지나간다. 오늘 과학이 몇 교시더라, 부리나케 시간표를 쳐다보았다. 눈동자가 빠르게 시간표를 훑어 내리는 만큼 머릿속도 여러 가지 생각으로 빠르게 뒤덮였다. 1교시 수학, 2교시 도덕, 3교시 기술, 4교시 국어, 5교시 체육, 6교시 사회, 7교시 음악. 다행히도 오늘은 과학이 들지 않았다. 7교시인데 과학이 들지 않았다는 것은 정말 큰 행운이 따라주는 일인 것 같다. 나는 마음속으로 안도의 한숨을 내뱉으며 다시 한번 생각을 정리했다.

'내일 과학 수행평가. 자료 조사 꼭 하고 자기.'

쉬는 시간의 끝을 알리는 종이 치고 나는 다시 내 자리로 돌아왔다. 2, 3, 4교시가 어떻게 지나갔는지도 깨닫지 못한 채로 점심시간을 맞이했다. 오늘 급식에는 무엇이 나오는지 잘 기억이 나지 않아 옆에 앉아 있던 세연이에게 물어보았다.

"오늘 급식이 뭐야?"

"오늘 화요일이잖아. 별로야 별로. 맛있는 거 없더라."

대부분의 학생이 그렇듯 급식이 맛없다는 청천벽력과 같은 소리를 들은 나는 기분이 급속도로 저하되었다. 중학교에 들어오자마자 친해진 세연이는 내 기분을 알아차렸는지 순간 걱정 어린 표정을 짓다가, 그 이유가 급식이라는 것이 떠올랐는지 웃으며 내 손에 초콜릿 하나를 쥐어 준다. 나는 감동한 표정으로 세연이를 바라보았다.

"우리 채령이, 초콜릿 먹고 우울해하기 없기다?"

세연이의 말에 오늘 급식 메뉴가 떠올라 조금 우울해지는 것 같았지만 어쩌겠는가. 남은 3교시를 버티기 위해서는 급식을 꼭 먹어야 한다. 얼굴은 울상이었지만 나는 애써 스스로를 위안하며 급식실로 향했다.

❖ ❖ ❖

급식을 받기 위해 줄을 서 있던 중 문득 무언가가 떠올랐다.

'왜 항상 내가 서 있는 줄만 계속 제자리걸음인 거지?'

정말 김채령의 7대 불가사의 중 하나가 아니지 않을 수 없다. 긴 줄에 지쳐 잠깐 멍하게 서 있었던 것 같은데 어느새 다섯 발자국 앞에 놓인 급식대가 보인다. 언제 여기까지 왔을까, 혹시 급식실에는 도깨비가 있는 것 아닐까 하는 상상을 하다가 급식대가 코앞까지 다가온 것을 깨닫고 식판과 수저를 챙긴다. 반찬을 하나하나 받고 있던 도중 새송이버섯 볶음이 반찬으로 나온 것을 본 나는 영양사 선생님을 원망하게 되었다. 어릴 때 등산 갔다가 독버섯을 먹고 구토에 40도 가까이 오른 열, 온몸에 난 두드러기까지. 의사 선생님에게

호되게 혼난 나는 그 후로 세상에서 버섯을 가장 싫어하게 되었다. 너무 오래전의 일이라 잘 기억이 나지 않는 나는 그때의 기억이 트라우마로 남지 않았을까 추측해 볼 뿐이다. 나는 새송이버섯 볶음을 배식하고 있는 이름 모를 학생에게 내가 버섯 알레르기가 있으니 이 반찬을 받아먹지 못한다는 것을 귀띔해 준다.

"나는 알레르기가 있어서……."

국까지 다 받은 후 급식실 한쪽에 모여 있는 우리 반 친구들 쪽으로 다가갔다. 미리 내 자리를 맡아놓아 준 친구들에게 고맙다고 얘기하고 나도 급식을 먹기 시작했다. 이런저런 얘기를 나누고 있는 친구들을 따라 나도 같이 시간 보내기는 좋지만, 영양가는 없는 대화를 하기 시작한다.

"다음 시간은 뭐야?"

"체육이잖아. 으, 체육복 갈아입어야 해? 귀찮은데……."

"일찍 갈아입지 그랬냐. 나 봐봐. 벌써 다 갈아입었잖아."

"쉬는 시간마다 잔다고 바빴거든?"

다음 교시가 체육인 것에 관해 이야기하기도 하고,

"과학 수행 다한 사람?"

"벌써 다한 사람이 있을까? 난 아직 시작도 안 했는데……."

"아이고, 너 빨리하는 게 좋을걸. 그거 내일 아침까지 제출이잖아."

"헐, 진짜? 벌써 제출일이야?"

내일 아침까지 제출해야 하는 과학 수행평가에 관해 이야기하기도 한다. 또 한편에서는 아직 화요일인 것에 대해 슬퍼하고 있는 아이들도 있다.

"왜 아직 화요일인 거지?"

"그러니까, 체감상은 벌써 금요일 저녁인데 말이야."

"심지어 집에 가려면 아직 3교시나 더해야 해……."

이런저런 이야기를 나누다 보니 어느새 시간이 훌쩍 흘러 있었다. 하나둘 밥을 다 먹은 친구들은 교실로 돌아가기 시작하였고 나도 밥을 다 먹은 후 교실로 가는 친구들에 섞여 교실로 들어간다. 교실에 가니 실장이 칠판에 무언가 적어 놓은 것을 발견했다.

❖ ❖ ❖

중간고사 D-13. 벌써 시간이 이렇게나 지났단 말인가. 여름방학이 끝나서 아쉬워하고 있던 것이 바로 엊그제 같은데 중간고사가 13일 남지 않은 시점까지 시간이 흘렀다니. 늦은 감이 없지 않아 있는 것 같지만 아무래도 오늘부터는 시험공부를 시작해야 할 것 같다. 잠깐 정신 혼란 상태에 빠져 있던 나는 5교시가 체육이라는 것을 떠올리고 옷을 갈아입기 위해 체육복을 주섬주섬 챙겨 들고 화장실로 향했다. 나는 사실 수학보다 체육을 싫어하는 것이 아닐까. 수학은 그래도 옷을 갈아입으라거나 나한테 불가능한 무언가를 시키지 않는다. 하지만 체육은 나에게 너무나도 많은 것들을 요구한다. 옷도 갈아입으라고 하며 머리도 묶어야 한다. 더욱더 내가 참을 수 없는 것은 수행평가로 오래달리기나 배드민턴, 사격 같은 단기간에 충분히 늘 수 없는 것들을 과제로 내어 준다는 것이다. 심지어는 일정 기준치에 도달하지 못하면 나의 등급을 낮추기까지 한다. 예체능은 지필

평가인 중간, 기말고사를 치지 않으니 이 정도는 감수하라는 것일까. 하지만 다른 예체능 과목인 음악과 미술은 나한테 무엇인가를 많이 바라지 않는다. 이러니 내가 체육을 싫어하는 것은 너무 당연하지 않은가. 마음속으로 체육에 대한 불만을 웅얼거리며 옷을 다 갈아입고 체육복이 담겨 있던 가방에 교복을 대충 개켜서 넣어 놓은 후 교실로 돌아왔다. 나는 머리끈을 하나 챙겨 거울을 보며 머리를 묶고 있던 친구들 사이에 들어가 머리를 묶으며 자연스레 말을 걸어 본다.

"오늘은 체육 어디에서 한대?"

"강당. 오늘 오후에 비 올 수도 있다고 일기예보에서 그랬대."

"오, 정말? 다행이다. 나 오늘 썬크림 안 발랐거든."

머리를 높게 올려 묶은 후 비가 온다는 말에 영향을 받은 건지, 조금 쌀쌀하게 느껴지는 날씨에 동복 체육복 상의를 챙겨 강당으로 향했다.

"좀 있으면 종 친다! 문 잠글 거니까 빨리 나가!"

뒤에서는 주번이 문을 잠근다며 빨리 나가라고 소리치는 것이 들린다. 고개를 돌려 시계를 바라보니 종이 치기 2분 전인 1시 18분을 가리키고 있는 것이 보였다.

'이런, 뛰어가야겠다.'

아슬아슬하게 종이 치기 바로 직전에 강당에 도착했다. 강당 무대 앞쪽에서는 우리 반 체육 도우미가 체조를 하기 위해 줄을 세우고 있는 것이 보인다. 빨리 그쪽으로 뛰어가 내 자리에 섰다. 청소년체조 시~작! 이라는 구호 소리가 들려오고 하나, 둘, 구령하는 아이들에 맞춰서 나도 체조를 한다. 숨쉬기 운동을 마지막으로 청소년체조를 끝내고 스트레칭을 시작한다. 손목, 발목부터 시작해서 마지막 목까지. 스트레칭이 끝날 때쯤 체육 선생님께서 강당으로 들어오신다.

정렬해서 서 있던 우리 반 아이들은 실장의 차렷, 공수, 선생님께 경례! 라는 구령에 따라 선생님께 큰 목소리로 인사한다. 선생님께서도 인사를 받아 주신 후 우리에게 자리에 앉으라고 하신다. 아무래도 오늘은 새로운 수행평가를 안내하고 그 이론을 설명해 주시려는 모양이다. 선생님께서 입을 떼려는 낌새를 보이자 곳곳에서 꿀꺽하고 침 삼키는 소리가 들린다. 모두 나와 같은 생각을 하는 모양이다. 이런, 다른 생각 할 때가 아니다. 나는 다시 선생님의 말씀에 집중했다.

"자, 새로운 수행평가를 안내하겠다."

아아, 하고 탄식하는 소리가 들려오지만, 선생님께서는 아랑곳하지 않고 계속 말을 이어나가신다.

"이번 수행평가 어떤 건지 맞추는 사람한테 사탕 준다!"

선생님의 말씀에 "농구요!", "축구!", "테니스!" 하고 외치는 아이들의 말이 곳곳에서 들려온다. 난 아무래도 상관없다. 단지 이번에는 내가 할 수 있는 무언가에서 내주셨으면 하는 작은 바람이 있을 뿐이다.

"다 틀렸다. 이번 수행평가는 1학기 때 했던 거 기억하지? 팝스 다시 잰다."

아까보다 더 큰 실망감을 담은 탄성이 들려온다. 팝스(PAPS).

Physical Activity Promotion System의 약자. 정의는 학생들의 비만과 체력 저하를 방지하고자 개발된 건강 체력관리 프로그램. 조금 더 보충하자면 매년 측정해야 하지만 학생들이 가장 싫어하는 체육 수행평가. 물론 나도 포함이다. 순간 난 깨달을 수 있었다.

'이번 체육 점수도 낮겠구나.……'

수행평가 안내를 끝낸 선생님은 왕복 달리기나 한번 해보자며 학생들을 한 줄로 쭉 세우셨다.

❖ ❖ ❖

지옥과도 같은 체육 시간이 끝나고 교실로 돌아가는 길. 우리 반 친구들은 체육 선생님에 대한 불만을 쏟아낸다.

"팝스 1학기 때 쟀잖아. 또 잰다고 하는 게 말이 돼?"

"그러니까. 어차피 매년 해야 하는데 2번이나 해야 해?"

짜증 섞인 목소리도 들려오지만, 옹호하는 목소리도 들려온다.

"난 차라리 팝스가 나은 거 같은데."

"나도. 또 이상한 거 해서 처음부터 다시 익히는 거보다 차라리 팝스 하는 게 더 나아."

나는 둘 중 어느 의견에도 찬성하지 않는 중립이다. 이유라면 두 의견 모두에 동의하는 것이 그 이유라고 할 수 있을 것 같다. 다음 교시는 뭐더라. 사회였던 것 같다. 평소 사회를 좋아하는 나였기에 기분이 나아진다. 뭔가 잊고 있는 것 같은데 잘 기억이 나지 않는다. 교실로 돌아와서 다시 교복으로 갈아입으려는 찰나, 누군가 나한테 말을 건다.

"채령아, 너 사회 도우미 아니야?"

내가 잊고 있었던 것이었다. 나는 사회 도우미이다. 그렇다는 것은 수업 시작 전 쉬는 시간, 담당 선생님께 찾아가야 한다는 것을 의미한다. 나는 그 친구에게 고맙다고 인사하고서 빠르게 교무실로 달려간다.

❖ ❖ ❖

"선생님, 죄송합니다! 5교시가 체육이라서 잠깐 깜빡했어요…."

나는 선생님께 늦어서 죄송하다고 말씀드렸다. 선생님은 웃으며 괜찮다고, 앞으로는 늦지 말라고 하시며 힘내라고 나에게 간식을 주셨다. 나는 간식을 받고 감사하다고 한 후 오늘 수업할 부분의 학습지를 챙겨 교실로 향한다. 교실로 돌아와서 나는 아이들에게 학습지를 나누어 준다. 학습지를 전부 나누어 주니 종이 친다. 종이 친 지 얼마 되지 않아서 선생님께서 교실에 들어오신다. 6교시 수업 시작이다.

❖ ❖ ❖

딩동댕동-

7교시까지 끝난 후 모든 수업의 끝을 알리는 종이 울린다. 나는 쭈욱 기지개를 켠다. 집에 간다. 내 머릿속에는 그 생각밖에 떠오르지 않는다. 음악이 7교시였던 탓에 음악실에 있던 우리 반은 선생님께 감사합니다. 하고 인사를 한 후 교실로 이동한다. 교실에 도착해서 미처 지우지 못했던 칠판을 지우는 칠판 당번, 담임 선생님을 모시러 간 우리 반 실장, 체육복을 갈아입는 몇몇 아이들. 이제는 익숙해진 풍경을 바라보다 나는 집에 가기 위해 가방을 챙긴다. 그러던 중, 학생생활부장 선생님이 학생회 회의를 공지할 때 울리는 종이 울린다. 순간 나는 불길한 예감이 든다.

딩동댕동—

"아아— 종례 중에 굉장히 죄송합니다. 오늘 회의가 있는 관계로 선도부 부원들은 종례가 끝난 후 4시 20분까지 회의실에 모이기 바랍니다. 다시 한번 알려드립니다. 오늘 회의가 있는 관계로 선도부 부원들은 4시 20분까지 모이기 바랍니다."

이게 무슨 소리인가. 나는 급속도로 우울해져 버린 기분을 느낄 수 있었다. 저 멀리서 세연이가 안쓰러운 눈빛으로 나를 바라보는 것이 느껴진다. 그 이유는 내가 우리 학교의 선도부장이기에 방금 공지된 회의의 당사자 중 한 명이 되었기 때문이다. 처음 선도부원이 되었을 때는 정말로 열심히 해야겠다는 생각뿐이었지만 선도부장이 되고 난 후에는 그 이름이 주는 책임감 때문에 더욱더 나에게 주어진 일들을 열심히 해왔다. 열심히 한 만큼 선도부 활동에 만족감을 느끼고 있지만, 시험이 2주도 채 남지 않은 지금, 이렇게 갑자기 회의가 소집되자 불쾌하지 않을 수가 없었다. 나는 인상을 찌푸린 채로 가방을 마저 챙겨 회의실로 향한다. 마침 오늘은 2주마다 청소 당번을 바꾸는 우리 반에서 내가 청소를 하지 않는 기간이다. 불행 중 다행인 걸까. 하지만 오늘 늦게까지 이어질 회의를 생각하니 힘이 나지는 않는다. 나는 회의를 진행하기 위해 교무실에 계신 선도부 담당 선생님을 찾아갔다.

"선생님, 안녕하세요. 오늘 회의 주제는 무엇인가요?"

"그래, 채령이 왔구나. 최근에 몇몇 학생들이 우리 학교 교칙에 불만을 느끼고 개선을 요구했기 때문이야. 일단 명찰 착용부터……."

회의 내용에 관해서 간략하게 설명을 들은 후 회의 시작 시각인 4시 20분이 되자 출석 체크를 시작했다.

"출석 체크할게. 1반 김연지, 도하연, 박지수……."

모든 학생이 도착한 것을 확인하고 나는 회의를 시작했다.

"오늘 회의가 열린 이유는 요새 몇몇 학생들이 우리 학교 교칙에서 개선해야 할 부분들이 있다고 생각하기 때문이야."

사실 나는 어차피 몇 달 있으면 졸업이기도 하고 우리가 힘들게 정해놓은 교칙들을 말 같지도 않은 이유를 들며 개선을 요구하는 학생들도 이해가 가지 않는다. 이렇게 회의를 열기 전에 선생님께서 그런 학생들한테 교칙을 정한 이유를 설명을 해 주었으면 좋겠다고 생각했다. 시간이 지나갈수록 점점 선도부 담당 선생님의 생각이 잘 이해가 되지 않는다. 빨리 회의 끝나고 집에 보내 줬으면 좋겠다.

❖ ❖ ❖

결국 회의는 다른 학생들과 학부모님들의 의견까지 충분히 물어본 후 다시 결정하는 것으로 일단락되었다. 바로 결정하지도 않을 건데 오늘 회의가 꼭 필요한 것이었나 하는 의문이 들지만, 이 외에도 나에게는 바쁜 일이 많기 때문에 사소한 것은 넘어가기로 결정한다. 나는 선도부 부원들에게 오늘도 수고했어, 내일 보자. 하고 인사해 주고 회의실을 정리한 다음 마지막으로 학교를 나선다. 겨울이 다가오는 밧줄이다. 이제 7시가 다 되어가는 시각인데 벌써 하늘에는 노을이 지며 어두워지려는 듯한 낌새가 보인다. 나는 마음속으로 시간 계산을 한다.

'도서관까지 가는데 20분, 넉넉히 생각했을 때 도착하면 7시 20분쯤이겠다. 도서관은 10시에 문 닫으니까 9시 40분에는 정리해야 한다고 생각하면 2시간은 공부할 수 있겠다.'

도서관으로 가는 길, 우리 동네에 딱 하나 있는 도서관은 우리 학교에서 다리를 건너가야 있다. 삼수동. 세 개의 강이 흐르는 동네. 그 이름에 걸맞게 우리 동네에는 사람마다 기준은 좀 다르겠지만 내 기준으로 동네에 있는 것치고는 좀 커다란 크기의 강 3개가 나뭇가지가 쭉쭉 뻗어 있듯이 흐르고 있다. 그중에서 우리 중학교는 가운데 있는 강에서 오른쪽에 있다. 밭이 있는 쪽으로 조금 걸어가다 보면 다리가 나온다. 논밭이 있는 것에서 유추할 수 있겠지만 우리 동네는 시골이라고 하기에 충분하다. 그렇기 때문일까. 우리 동네에는 가로등도 충분히 설치되어 있지 않다. 학교에서 도서관으로 가는 길은 두 가지가 있다. 하나는 다리를 가로질러 가는 것이고 다른 하나는 큰길로 돌아가는 것이다. 나는 보통 다리로 가로질러 가는 것을 선호하는 편이지만 오늘은 조금 고민이 된다. 왜냐하면 도서관으로 가는 다리에는 가로등이 심각할 정도로 설치되어 있지 않기 때문이다. 가뜩이나 지금 하늘은 빠르게 어두워져 가고 있어 혼자 가기 껄끄러워진다. 하지만 큰길로 돌아가기에는 거리도 너무 멀고 시간도 다리로 갈 때보다 배로 걸린다. 나는 결국 세연이에게 전화하며 다리를 건너가기로 결심한다. 아차, 그 전에 엄마한테 전화부터 해야겠다.

"여보세요?"

"엄마! 나 지금 도서관 가려고!"

"지금? 너무 어둡지 않나? 너 또 다리로 가려고 그러지?"

"큰길로 가면 시간 너무 많이 걸린단 말이야."

"으휴. 알겠다. 조심해서 가고. 저녁은 먹었어?"

"먹을 시간이 어딨어. 당장 일분일초가 아까운데."

"으이구. 그래도 밥 챙겨 먹고. 집에 올 때 연락해."

"알겠습니다아. 전화할게!"

엄마와의 통화를 끝내고 나는 길을 걸어가며 세연이에게 전화한다.

뚜르르- 뚜르르-

"여보세요? 이세연!"

"아, 깜짝이야. 왜? 심심해?"

"아니, 그건 아니고. 나 지금 도서관 가는데 너무 어두워서."

"이제 도서관 가? 너무 늦은 거 아니야?"

"좀 늦었어도 가야지. 시험 13일밖에 안 남았거든?"

세연이와 시시콜콜한 이야기를 나누다 보니 어느새 다리의 중반까지 왔다.

"우와…. 진짜 어둡다…."

"응? 뭐가?"

"나 지금 다리 건너가고 있는데 여기 가로등 없잖아. 강물 보니까 진짜 어두워. 으, 으스스하다."

"아이구. 오늘도 회의 때문에 그러지? 회의 좀 적당히 했으면 좋겠다. 뭐만 하면 회의 열고 그러나."

나는 작게 웃으며 그러게. 하고 세연이의 말에 동조한다. 오늘따라 더 으스스해 보이는 다리를 재빨리 지나온 나는 세연이에게 말을 건넨다.

"아, 나 이제 다 왔다. 오늘따라 다리가 더 무서워 보이는 거 있지?"

"이제 점점 어두워지잖아. 그래서 그랬나 보다."

"그런가. 나 이제 도서관 들어갈게!"

"그래그래. 공부 열심히 하고. 이제 끊을게."

"응. 통화해 줘서 고마워!"

세연이와의 통화를 끝내고 도서관에 들어선다. 오래되어서 그런지 외관은 낡아 보이지만 그 내부는 다른 도서관과 다를 바가 없다. 나는 2층에 있는 자료실로 올라간다. 자료실은 말 그대로 책을 통해서 자료를 찾는 곳이다. 자료실은 원래 개인 공부가 불가능하지만, 이제는 모두 그러려니 하며 넘어간다. 너무 많은 인원이 개인 공부를 하고 있을 뿐만 아니라 애초에 이 도서관이 꽉 찰 만큼의 사람이 있지도 않다. 말했지 않은가. 우리 동네인 삼수동은 시골이라고.

❖ ❖ ❖

자료실에 들어온 나는 여느 때처럼 어느 자리에 앉을지 둘러본다. 나는 순간적으로 이상한 느낌을 받는다. 나는 그 원인을 곧 어렵지 않게 알아낼 수 있었다. 자료실에 빈자리가 하나도 남아 있지 않았던 것이다. 삼수동에 살아온 16년 동안 이런 적은 처음이다. 정말 불가사의한 일이 아닐 수 없다. 삼수동에 이렇게 많은 사람이 살았던가? 나는 당황스러운 마음을 애써 감추고 도서관 사서 선생님께 다가간다. 평소 도서관에 자주 오던 나이기에 사서 선생님은 나를 반갑게 맞아 주신다.

"오늘은 사람이 왜 이렇게 많아요? 무슨 날이에요?"

"그러게요. 이제 시험 기간이기도 하고, 최근 들어 공무원 시험 같은 거 준비하시는 분도 많으시고 어르신 중에서 한글 배우시는 분들도 많아서 그런 거 같아요."

아무래도 이번 중간고사 기간에 각종 시험 같은 것들이 모여 있는 모양이다. 나는 아쉬운 마음을 뒤로하고 도서관을 나서려 한다.

"그럼 저는 이만 가 볼게요. 오늘도 수고하세요."

그때, 나를 붙잡는 사서 선생님의 목소리가 들린다.

"잠깐만요. 이제 곧 도서관 순찰 돌 시간이거든요. 순찰 돌다가 오래 비어 있는 자리 비우면 치워야 하니까 그 자리 사용하면 될 거 같아요."

"정말요? 감사합니다!"

나는 예기치 못한 행운에 감사하며 이번 시험에서는 꼭 좋은 결과를 내리라 다짐했다.

◈ ◈ ◈

"여기 자리 비었네요. 아까 전부터 안 보이던데. 이만 치워야겠어요. 채령 학생, 이 자리 쓰면 될 거 같아요."

정말 오늘은 나에게 운이 따르는 날인가 보다. 마침 빈자리가 생겼기에 나는 냉큼 그 자리에 앉는다.

"근데 그러면 이 자리 주인 가방은 어떡해요?"

"카운터에서 보관하다가 오시면 드려야죠."

"아, 그렇구나. 오늘 진짜 감사해요."

"아니에요. 이것도 제 일인 걸요. 공부 열심히 해요."

사서 선생님의 응원을 받고 나는 의지에 불타올랐다. 꼭 좋은 성적을 받아야겠다. 나는 학교에서 챙겨온 교과서들을 하나둘 가방에서 꺼낸다. 국어, 수학, 과학, 역사. 내가 공부할 과목이다. 나는 뭐부터 공부할지 고민하다 평소 잘하지 못하는 과목인 역사부터 공부하기로 했다. 시험 범위를 전체적으로 공책에다 정리하던 중 졸음이 몰려오는 것이 느껴졌다. 주말 내내 수행평가를 하느라 제대로 자지도 못하고 월요일에도 수행평가. 심지어 오늘은 학생회 회의까지 있었다. 이 정도면 잠이 오지 않는 게 더 이상한 일인지도 모르겠다. 안되겠다. 물이라도 마시고 와야겠다. 시험이 얼마 남지도 않은 시점이기도 하기에 나는 몰려오는 졸음을 참으며 물을 마시러 간다. 차가운 물을 마시니 어느 정도 잠이 가시는 것 같다. 하지만 잠이 확 깬다거나 하는 느낌은 없다.

'어떡하지, 잠깐만 잘까. 공부해야 하는데⋯⋯.'

마음속으로 끊임없이 갈등하던 나는 20분만 자고 일어나기로 결정한다. 딱 20분만 자야지. 하고 생각하며 내 의식은 점점 흐려져 간다.

❖ ❖ ❖

자고 일어나 보니 시계가 8시를 가리키고 있다. 도서관에 7시 20분에 도착했고 빈자리를 찾아서 공부를 시작했던 것이 7시 30분, 자리에 앉아서 5분 후쯤부터 잤던 것 같으니 20분만 자겠다는 내 다짐이 적당히 지켜진 것 같다. 내 예상보다 5분 더 잤지만 사소한 것은 넘어가도록 하자. 지금부터 진짜 열심히 공부해야겠다. 이번 역사 시험 범위는 3.15 부정선거부터이다. 나는 공책에 하나둘 필기하며 정보를 정리한다. 3.15 부정선거, 4 · 19 혁명, 5.16 군사 정변……. 무슨 사건이 이렇게나 많은 건지. 물론 이런 사건들이 지나왔기에 지금의 대한민국이 형성될 수 있었겠지만. 아차, 이러고 있을 때가 아니다. 한번 딴 길로 새면 다시 제자리를 찾아올 줄을 모르는 나였기에 더 멀리멀리 가버리기 전에 다시 역사 교과서로 시선을 옮긴다. 자, 이다음은 뭐더라. 나는 모르는 부분은 역사 교과서를 찾아보며, 아는 부분은 스스로 정리하며 공부를 계속해 나간다.

❖ ❖ ❖

9시 30분. 어느새 시간이 이렇게나 흘러 버렸던가. 확실히 오늘은 집중이 잘 되었던 것 같다. 이렇게 정신없이 공부해 본 적도 오랜만인 것 같다. 30분만 더 있으면 도서관이 닫을 시간이기에 나는 챙겨왔던 교과서와 공책, 필기구를 정리하기 시작한다. 9시 40분. 가방을 다 채우고 나니 10시에 가까운 시간이 되어 있다. 슬슬 도서관에 빈자리가 여럿 보이기 시작하고 짐을 정리하는 사람, 도서관을 나서고 있는 사람들을 다 포함하면 도서관에 남아있는 사람은 나를 포함하고도 3분에 1도 되지 않을 것 같다. 나도 이제 정말 가야겠다.

◈ ◈ ◈

도서관을 나와 집으로 가는 길. 아까보다 확실히 어두워진 것이 눈에 띈다. 조금 쌀쌀해진 것 같기도 하고. 아무래도 다음 주부터는 약 반년 동안 내 옷장에서 잠자고 있던 춘추복을 꺼내야 할 것 같다. 조금 있으면 친구사랑주간이니 인성교육주간이니 하는 여러 행사 주간이 있다. 아침에 있는 행사들도 있으니 춘추복을 꺼내는 것도 나쁘지 않을 듯싶다. 집에 가기 위해 걸어가던 중, 집에 가려면 또 다리를 건너야 한다는 사실이 떠올랐다. 우리 집은 삼수 메트로폴리스이다. 동명중학교 바로 옆에 있어 등교나 하교를 하기에 나쁘지 않지만 이렇게 시험 기간에 도서관에 갔다가 집에 가려면 조금 짜증나는 곳에 있다고 할 수 있다. 도서관을 갈 때 한번 언급했지만 삼수동에는 전체적으로 가로등이 많이 설치되어 있지 않다. 그렇다면 거의 마을 끝자락에 존재하고 있는, 사람들이 많이 이용하지도 않는 다리에는 어떻겠는가. 이 다리에는 없다시피 해도 무방할 만큼의 가로등만이 설치되어 있다. 하다못해 새것도 아니다. 내가 태어날 때부터, 아니 태어나기도 전부터 사용되던 가로등이 단 한번의 교체도 없이 계속 사용되고 있다. 이러니 어떻겠는가. 내가 이 다리를 사용하는 것을 괜히 꺼리는 것이 아니다. 안 그래도 흉흉한 세상인데 빨리 가로등 교체나 해 주면 좋겠다. 우리 동네에 대해 불만을 마음속으로 투덜대다가 아직 엄마한테 전화하지 않았다는 생각이 났다. 나는 서둘러서 엄마한테 전화했다.

"엄마! 나 이제 집 가."

"이제 오나? 알겠어. 조심해서 와. 지금 많이 어두우니까 웬만하면 큰길로 오고. 아니면 오빠한테 데리러 가라고 할까?"

"오빠한테? 오빠 벌써 집에 왔어? 야자는 안 하고?"

"몰라. 오늘 일찍 왔던데. 그래서 어떻게 할까?"

"데리러 오라고 해 줘. 오랜만에 일찍 왔으니까 동생을 위해서 시간 좀 내보라고 해 봐."

"알겠어. 천천히 걸어오고 있어. 오빠한테 전화하라고 할게."

"응응. 고마워요."

오빠가 데리러 온다는 소리에 한결 마음이 편해졌다. 아까도 말했듯이 요즘은 흉흉한 세상이 아닌가. 더군다나 나처럼 예쁘고 여린 여학생이 혼자 밤길을 다니기는 위험한. 휴대폰에서 벨소리가 울린다. 오빠한테서 전화가 왔나 보다.

"여보세요? 오빠!"

"지금 어디야?"

"나 지금 다리 건너려고. 오빠는 어디쯤 왔어?"

"벌써 다리 건너게? 조금만 더 기다려. 오빠 지금 다리 반쯤 건넜거든? 빨리 갈 테니까 조금만 더 기다리고 있어."

"벌써 그만큼 왔어?"

"빨리 와야지. 채령이가 기다리고 있는데."

아……. 방금 말은 조금 오글거렸다. 그래도 이런 거 티 내면 오빠 삐칠 테니까 일부러 티 내지는 않는다.

"진짜? 알겠어! 빨리 와!"

"그래그래. 빨리 갈게."

빨리 오라는 말을 마지막으로 나는 오빠와의 통화를 마쳤다. 아, 오빠랑 왜 이렇게 사이가 좋냐고? 우리 남매를 보는 사람들은 항상 말한다. 우리 둘은 사이가 너무 좋다고. 다른 친구들도 우리 오빠 보면 되게 착하다고, 그래서 부럽다고 그런다. 어릴 때는 다른 형제, 자매, 남매 다 이런 줄 알았다. 그래서 나는 이게 당연한 건 줄 알았는데 초등학교 3학년 때, 친구 집에 놀러 갈 기회가 한 번 있었는데 그때 친구 오빠 보고 느꼈다. 우리 오빠는 엄청 착한 거구나. 그래서 앞으로 더 잘해 줘야겠다고 생각하게 되었다. 뭐, 그 후로 쭉 친하게 사이좋은 남매로 지내오고 있다는 게 내 생각이다. 저 멀리서 오빠가 보이기 시작한다. 나는 손을 흔들며 오빠에게 뛰어간다.

"오빠!"

오빠는 웃으며 내 인사를 받아 준다.

"오래 기다렸어? 가방 이리 줘. 들어줄게."

"오래 안 기다렸어. 근데 웬일이야? 오빠 오늘 야자 안 했어?"

나는 오빠에게 가방을 건네주며 물었다. 나랑 두 살 터울인 오빠는 올해 고등학교 2학년이다. 이제 2학기니까 바쁠 법도 한데 집에 일찍 온 오빠가 이상하게 느껴졌기 때문이다.

"내일 학교에 무슨 행사가 있나 봐. 야자 하지 말고 가라고 하더라고. 그래도 3학년은 공부시키려는지 2학년까지만 집에 보내더라."

그런 이유가 있었구나. 학교에 행사가 있으면 집에 일찍 올 수 있는 오빠를 마음속으로 부러워하고 있을 때 오빠가 말을 걸어온다.

"오늘은 공부 열심히 했어?"

"음……. 처음 갔을 때 20분 정도 자긴 했는데 그래도 나머지 시간에는 집중해서 열심히 했어!"

"시험 기간이라고 너무 무리하는 거 아니야?"

"다른 애들도 다 이렇게 할 텐데 뭐. 더 열심히 해야지."

"으이구. 그래도 너무 무리하지는 말고."

"알겠어, 알겠어. 오빠는 요새 열심히 하고 있고?"

오빠와 함께 공부 관련된 이야기도 하고, 입시 이야기(주로 내가 오빠에게 고등학교 관련해서 조언을 구한다)도 하다 보니 어느새 집 입구까지 도착해 있다. 아파트인 데다가 높은 층에 있는 우리 집의 특성상 엘리베이터를 점검한다던가 하는 일이 있지 않은 이상 우리는 보통 엘리베이터를 타곤 한다. 마침 1층에 내려와 있던 엘리베이터를 타고 '7'이라고 쓰인 버튼을 눌렀다. 한 층, 또 한 층. 계속해서 올라가던 엘리베이터가 7층에서 멈춰 선다. 우리 집인 704호 앞에서 도어락을 열고 비밀번호를 누른다. 사실 비밀이지만 우리 집 비밀번호는 '54193082'이다. 왜 알려 주냐고? 그거야 간단하다. 내 생각을 읽고 있는 당신들은 우리 집이 정확히 어디에 있는지도 알지 못하고 설사 알고 있다고 해도 절대 찾아오지 못할 것을 알고 있기 때문이다. 뭐, 무시했다고 생각된다면 그 부분에 대해서는 사과하겠다. 어쨌든 지금 중요한 것은 이게 아니다. 나는 문을 활짝 열고서 큰소리로 외친다.

"다녀왔습니다!"

집으로 들어간 후 나는 방으로 들어가 가방 정리부터 했다. 가방 정리를 다 하고서는 포스트잇에 오늘 하고 자야 할 목록들을 정리한 후 책상에 붙여 놓았다. 이런, 벌써 10시가 넘었다. 빨리 씻고 할 일 마무리 한 다음에 일찍 자야겠다. 나는 그렇게 결심한 후 화장실로 간다. 앞머리가 있는 탓에 머리에 헤어밴드를 쓰고 긴 머리를 뒤로 묶은 후 칫솔에 치약을 짠다. 멍하니 거울을 보며 양치를 한다. 양치할 때 멍하니 거울을 보는 것은 오래된 내 습관이다. 고쳐보려 했지만 양치할 때 할 수 있는 일이 무엇이 있겠는가. 결국, 이 습관은 고쳐지지 않은 채 아직 유지되어 오고 있다. 양치를 다하고, 물로 입을 헹구고, 깨끗하게 세수까지 다하고 다시 방으로 들어왔다. 내일까지 해야 할 과제에 뭐가 있더라…. 나는 미리 정리해 둔 수첩을 보았다. 내일 1교시 시작 전까지 과학 수행평가 제출, 수학 단원평가 준비. 생각보다 준비해야 할 게 많지 않다. 과학 수행평가는 미리 다했고, 수학 단원평가는 내가 자신 있는 부분이다. 과학 수행평가 다시 한번 훑어보고 수학도 문제집 조금만 더 풀다가 자야겠다.

11시 40분. 모든 일을 다 끝내고 휴대폰을 켜 시간을 보니 11:40 이라는 글자가 화면에 떠 있다. 12시 전에, 날짜가 바뀌기 전에 자자는 목표를 달성할 수 있을 것 같아 행복해졌다. 책가방을 챙겨 놓고서 알람을 새로 맞춰놓은 후 불을 끄고 침대로 걸어갔다. 쓰러지다시피 침대에 누웠다. 애벌레가 움직이듯 꾸물꾸물 베개를 찾고 이불을 덮은 다음 눈을 감았다. 미친 듯이 졸음이 밀려오고 있기 때문에 아마도 오늘은 꿈도 꾸지 않고 푹 잘 수 있을 것만 같은 느낌이 든다.

❖ ❖ ❖

　띠띠띠띠- 띠띠띠띠-

　6시 30분을 알리는 알람이 울린다. 1분만 더 자고 싶은 마음이 굴뚝같았지만 애써 눈을 뜨고 알람을 끈다. 어제 아침과 똑같은 상황인 것 같다고 느낀다면 당신은 지극히 정상인 것이다. 평범한 학생의 아침에 특별할 것이 있겠는가. 매일매일이 다르고 특별한 일들이 넘쳐난다면 그것이 평범한 학생의 하루일까. 특별할 것 하나 없는 하루의 시작이기에 평범한 학생의 아침이라 칭할 수 있는 것이 아닐까. 다른 사람은 모르겠지만 적어도 나는 그렇게 생각한다. 여느 때와 마찬가지로 나는 머릿속으로 실없는 생각을 하며 오늘도 하루를 시작한다.

8시 55분. 과학 선생님께 수행평가 과제를 제출하고 오는 길이다. 수행평가 하나가 끝이 나니 홀가분한 기분이 들면서도 얼마 남지 않은 중간고사와 아직도 산더미같이 쌓인 수행평가들을 생각하니 조금 막막해지는 것 같기도 하다. 3학년 2학기 때는 바쁘니까 정신 똑바로 차리라는 작년 선배들의 조언이 생각난다. 그때는 진짜로 예상치 못했다. 3학년 2학기가 이렇게 바쁠 줄을. 2학년 때 수행평가가 너무 힘들다고 아는 선배에게 상담하러 갔을 때 선배가 피식 웃으며 3학년은 더 바쁘다고, 지금이 감사한 줄 알라고 했을 때 어떻게 지금보다 더 바쁠 수가 있냐며 투덜댔었던 기억이 있다. 그 말을 실감하게 된 지금은 미리미리 새겨들을걸, 하고 후회하는 중이다. 8시 59분. 조금 있으면 1교시가 시작할 것 같다. 나는 조용히 속으로 숫자를 센다. 3, 2, 1…… 딩동댕동- 하고 종이 울린다. 오늘 하루도 파이팅!

❖ ❖ ❖

6교시가 끝이 났다. 오늘은 수요일이기에 7교시를 하지 않는다. 왜냐고? 그 이유는 나도 모른다. 애초에 시간표에 수요일은 6교시라고 표시해 놓은 것을 나보고 왜냐고 묻는다면 나는 해줄 말이 없다. 어쨌든 나는 한 교시가 사라진 것만으로도 충만한 행복감을 느끼고 있는 중이다. 오늘은 집에 가서 저녁을 챙겨 먹은 후 도서관을 가야 할 것 같다. 어제 있었던 학생회 회의 때문에 집에 들르지 못했던 터라 저녁을 먹지 못해 도서관에 있을 때, 배에서 꼬르륵 소리가 나는 것을 막으려다 혼나는 줄 알았다. 어제 일로 인해 '저녁은 꼭 먹자'라는 내 인생 좌우명이 생겼다. 머릿속으로 내 좌우명을 다시 한번 되새겨 보던 중 옆에서 세연이의 목소리가 들려온다.

"김채령! 집에 바로 가?"

채령이의 말에 나는 고개를 끄덕이며 대답한다.

"집에 바로 가지. 너는?"

"나도! 같이 가자!"

"그래. 같이 가자."

세연이는 나와 같은 삼수 메트로폴리스에 산다. 아파트 단지인 만큼 같은 동은 아니지만 바로 옆 동에 살고 있기에 세연이가 학원을 가거나 내가 학생회 회의하러 가는 등의 일이 없으면 항상 같이 하교하곤 한다. 그러니까 내 말은 세연이와 내가 함께 하교하는 것은 우리가 숨을 쉬는 것처럼, 모기에 물렸을 때 그 부위가 가려운 것처럼 매우 당연하다는 것이다. 하교하는 길에 무엇을 하는지 궁금하다고? 뭐, 평범하다. 오늘 있었던 일에 대해 이야기를 하기도 하고 오늘처럼 시험 기간인 경우에는 시험과 관련하여 이야기하기도 한다.

"야, 시험 12일 남은 거 알고 있어?"

"그것 밖에 안 남았어? 나도 빨리 공부해야겠네….'

"오늘부터 하게? 그럼 이따가 도서관 같이 갈래?"

"그럴까? 흐음…. 그러면 좀 이따 너 도서관 갈 때 연락해!"

"알겠어. 미리미리 준비해놔. 연락할게."

오늘은 세연이와 같이 도서관을 가게 되었다. 다리 건널 때도 둘이 같이 있으니까 엄마께서도 걱정 덜 하실 것 같다. 가뿐해진 마음으로 집으로 갔다.

❖ ❖ ❖

"엄마! 오늘은 세연이랑 같이 도서관 가기로 했어요!"

집에 들어가자마자 엄마에게 외쳤다.

"정말이니? 다행이네. 둘이 있다고 하더라도 안 위험한 건 아니니까 조심하고. 도서관 나올 때도 연락하고."

"에이. 제가 아직 어린애도 아니고. 알아서 조심하고 연락 꼬박꼬박할게요. 너무 걱정하지 마세요."

"엄마한테는 우리 채령이는 아직 어린이야. 오늘은 저녁 먹고 갈거지?"

엄마가 날 이렇게나 걱정하고 있다는 게 느껴져 가슴이 뭉클해졌다. 그래서 나는 엄마한테 꼬옥 안겼다. 엄마는 '어머, 얘가 왜 이래.'라고 하셨지만 나를 밀어내지는 않으셨다. 그렇게 나는 한참을 엄마 품에 안겨 있었다.

❖ ❖ ❖

"이세연! 이제 나와? 빨리 가자!"

저녁까지 다 먹은 후 세연이와 만났다.

"벌써 나왔어? 일찍 왔네. 가자가자. 나 오늘은 진짜 공부 열심히 할 거야!"

세연이는 벌써부터 투지를 다지고 있다. 그렇게 도서관으로 걸어가다 보니 어느새 우리 앞에는 다리가 놓여 있다.

"벌써 다리까지 왔네? 생각보다 도서관 가까운 것 같아."

"거 봐, 내가 뭐랬어. 생각보다 가깝다니까?"

"그러게. 앞으로는 도서관 자주 와야겠다."

나는 어제와 마찬가지로 자료실로 갔고 세연이는 나와 같이 자료실로 갔지만, 같이 앉으면 공부에 방해가 될 것 같다는 이유로 내가 앉은 자리의 정반대 쪽의 위치에 자리를 잡았다. 중간고사까지 며칠 남지 않았다. 김채령, 파이팅!

드디어 중간고사가 끝이 났다. 평균 98.7. 열심히 노력한 보람이 있는 것 같다. 내 중학교 시험 역사상 가장 높은 점수이기 때문이다. 잘 나온 시험 성적 덕분에 혼자 실실 웃고 있는데 세연이가 내 옆으로 다가온다.

"김채령. 시험 잘 봤어?"

"나 완전 잘 봤지! 너는?"

"나? 뭐, 2주 전부터 공부해서 그런가. 평균 좀 올랐다. 87점!"

"오오, 4점이나 올랐네? 열심히 했구나?"

"봤지? 나 한다면 한다니까."

세연이와 나, 둘 다 성적이 올랐기에 서로 칭찬해 주며 기말고사

때는 더 열심히 하자며 다시 의지를 다졌다.

"오늘도 도서관 갈 거야? 시험도 끝났는데?"

오늘은 안 가고 같이 놀면 안 돼? 라는 뜻이 잔뜩 내포되어 있는 세연이의 눈빛에 나는 결국 두손 두발 다 들고 말았다.

"으휴, 그래. 오늘은 놀자. 대신 오늘만 놀고 다시 열심히 공부하는 거다? 기말도 한 달밖에 안 남았으니까. 자, 약속."

"응, 약속!"

세연이는 마냥 좋다는 듯 배시시 웃으며 약속하자며 내민 내 새끼손가락에 자신의 새끼손가락을 건다.

"뭐하러 갈까?"

"글쎄. 시험 끝났잖아. 지금은 뭘 해도 재밌을 것 같아!"

나는 그게 뭐야. 라고 말하며 피식 웃었다. 뭐, 아무래도 좋다. 세연이 말을 빌려 말하면 오늘은 시험이 끝난 날이니까.

❖ ❖ ❖

세연이와 나는 번화가에 와 있다. 삼수동에서 조금 거리가 있는 곳이기에 특별한 볼일이 있지 않은 이상은 잘 나오지 않는 곳이다. 맛있는 것도 먹고, 옷도 사고, 이런저런 이야기도 하면서 정말 오랜만에 공부 생각하지 않고 재밌게 놀았던 것 같다. 왜 그렇게 공부에 집착하는지 궁금하다고? 이런, 그 이야기는 다시 기억하고 싶지 않았는데. 그렇게 궁금하다면야 이야기해 주도록 하겠다.

작년 9월 말, 그러니까 그때도 중간고사가 끝난 날이었다. 그때도 나는 어김없이 세연이랑 시험 후의 자유로움을 느끼기 위해 번화가에 놀러 가 있었다. 그날은 무슨 심보였을까, 따로 통금시간은 정해져 있지 않지만, 평소라면 부모님이 걱정할 것을 우려해 8시쯤 되면 집으로 돌아가던 내가 그날따라 유독 집에 가고 싶지 않았다. 왜냐고? 그냥 그러고 싶었으니까. 어쨌든 세연이와 나는 그날 늦게까지 함께 놀았다. 10시가 조금 넘었던 시각이었던가, 이제는 집에 가야겠다고 생각해 지하철역으로 가던 길이었다.

"오늘 재밌었지?"

"응. 재밌었어. 이렇게 늦게까지 논 것도 처음이고."

그렇게 이야기를 하며 우리는 지하철역에 도착했다. 평소 교통카드를 잘 챙겨 다니지 않는 나였기에 일회용 교통카드를 뽑으러 갔다 왔다. 세연이에게 이제 가자고 말하려는 찰나 세연이는 나를 돌아보며 말했다.

"채령아, 저기 너희 아버님 아니야?"

"뭐? 에이, 설마. 오늘 아빠 늦게 들어온다고 하셨는데…… 벌써 집에 온다고 하셔도 아빠 회사 여기 근처 아니란 말이야. 네가 잘못 본 걸 거야."

"그렇지만 진짜로 닮았는 걸. 저기 봐 봐."

세연이가 손가락으로 가리킨 곳을 보았을 때. 심장이 쿵 하는 소리와 함께 끝없는 밑바닥으로 떨어지는 것 같았다. 아빠였다. 아빠가 처음 보는 여자분과 함께 웃고 있었다. 나는 스스로를 위로했다. 이제 집에 오는 길이라고. 직장 동료랑 집에 가는 방향이 같을 뿐이라고. 괜히 아빠를 의심하지 않으려고 나는 끊임없이 생각했다. 어느 정도 생각이 정리되었을 때, 나는 애써 환한 미소를 지어가며 아빠에게 다가갔다.

"아빠! 여기서 뭐하고 계세요?"

분명 환하게 맞아 주리라 생각했던 아빠께서 눈에 띄게 당황하시는 것이 느껴졌다.

"아, 그래. 이제 집에 가는 거니?"

"네. 아빠는요?"

"아빠도 곧 가야지. 먼저 가렴. 금방 갈게."

"네. 빨리 오셔야 해요."

아빠는 내 머리를 짧게 쓰다듬어 주시는 것으로 답을 대신하셨다. 아빠는 아무 일 없다는 것처럼 얘기하셨지만 왜일까, 심장이 빨리 뛰는 것이 안 좋은 일이 생길 것만 같이 불안한 감정이 요동친다.

❖ ❖ ❖

나는 그 일이 못내 마음에 걸려 엄마께 말씀드리기로 했다.

"엄마, 요새 별일 없는 거죠?"

"그럼. 채령이 무슨 걱정 있어?"

"제 걱정은 아니고 사실 아빠가……"

"쉬이, 그건 엄마아빠 문제야. 채령이는 신경 쓰지 않아도 괜찮단다."

엄마께서도 알고 있는 게 틀림없다. 그렇지 않고서야 저렇게 말씀할 리가 없었다. 내가 할 수 있는 일은 아무것도 없었다. 그저 작게 고개를 끄덕이고 방으로 돌아와 소리 없는 눈물을 쏟아 내는 수밖에. 그때 오빠는 한창 바쁜 시절이었고 확실치도 않은 일을 친구들에게 알리고 싶지도 않았다. 내가 이렇게나 무력한 사람인 줄 그때 처음 알았다.

◈ ◈ ◈

나는 귀를 틀어막았다. 매일 밤마다 부모님께서 소리치고 싸우는 소리가 들려왔다. 무서웠다. 도대체 내가 무슨 일을 할 수 있을까. 몇 날 며칠을 생각했다. 하지만 항상 내가 내린 결론은 같았다. 아무것도 할 수 없다고. 그럴 바에야 차라리 도피처를 찾으라고. 결국, 무력한 나는 공부라는 도피처를 찾아야 했다. 집 안이 너무 답답해서. 숨을 쉴 수 없게 내 목을 조르는 이 공간에서 벗어나고 싶어서. 내가 할 수 있었던 건 귀를 틀어막고 공부하는 것밖에는 없었다.

◈ ◈ ◈

부모님이 이혼했다. 원인은 아빠의 바람이었다. 결국 아빠는 엄마를 버리고, 나를 버렸다. 엄마는 아빠에게 양육권과 내가 성인이 될 때까지의 양육비만을 요구했다. 이사를 하고, 아빠의 물건이 사라져 가고, 식탁 위의 밥그릇 하나가 줄어들고. 사소한 변화였지만 나에게는 너무나도 크게 다가왔다. 진짜 미칠 것만 같았다. 내가 무슨 잘못을 했길래 이런 일을 겪어야 하는 걸까. 매일 밤 울면서 달을 향해 기도했다. 달님, 제가 잘못했어요. 아빠가 다시 돌아오게 해 주세요. 다시 행복해지게 해 주세요. 몇 달이 지나도록 달은 내 소원을 들어주지 않았다. 나는 좌절했다. 다시 행복해질 순 없는 걸까. 평생 이대로 살아야 하는 걸까. 하루하루 죽은 듯 살아가는 내게 활력을 준 것은 공부뿐이었다. 내가 한 만큼 성적이 나오는 공부는 절대 나를 배신하지 않았다. 그래서 더 악착같이 공부했는지도 모른다. 잠자는 시간, 밥 먹는 시간 모두 줄여가며 공부했다. 공부할 때만큼은 모든 것을 다 잊을 수 있었으니까 말이다.

뭐, 여기까지가 내가 공부에 집착하게 된 이야기이다. 아직 저 때의 트라우마가 모두 사라지지 않아서 공부에 더 집착하게 된 것 같기도 하다. 평생 없어지지 않을 수도 있겠지만 아무렴 좋다. 나는 지금 충분히 내 생활에 만족하고 있으니까 말이다.

벌써 11월의 초반부이다. 날씨는 겨울이라는 것을 완연하게 느낄 수 있을 만큼 추워졌고 주황빛, 노란빛으로 예쁘게 물들었던 나뭇잎들도 하나, 둘씩 바닥으로 떨어져 가고 있다. 11월 초라는 것이 나에게 어떤 의미인지 아는가? 바로 중학교 시절의 3년이 막을 내려가고 있다는 것이다. 얼마 후에 있을 기말고사가 끝이 나고 나면 고등학교에 원서를 쓸 시기가 올 것이고 합격자까지 발표날 것이다. 중학교 3년 내내 노력했던 것의 결실이 열리는 것이다. 아직 원서도 쓰지 않았지만 내 마음은 두근댄다. 3년 내내 소망해 왔던 일이다. 크게 보자면 내 중학교 시절의 꿈을 이루기 위해서, 작게 보자면 내 꿈에 한 발자국 더 다가가기 위해서. 마무리까지 잘 해내기 위해 나는 시린 손을 꼭 감싸 쥐며 오늘도 도서관으로 향한다.

❖ ❖ ❖

혹시나 했지만 역시나. 기말고사가 일주일도 채 남지 않은 시점이기에 공부하러 온 우리 학교 학생들을 볼 수 있을까 했지만 그건 너무 큰 기대였나 보다. 오늘도 삼수동 도서관은 휑하니 비어 있다. 뭐, 자리가 많이 비어 있어 원하는 곳에 앉을 수 있다는 건 나한테 좋은 일이니까 그냥 넘어가도록 하겠다. 이번 기말고사는 지난 중간고사보다 훨씬 더 긴장된다. 훨씬 더는 영어로 much more. 이렇게 실생활에서 바로바로 응용해야지 서술형 문제 풀 때 빨리 생각난다. 아, 또 딴 얘기로 새버렸다. 나는 보통 기말고사보다 중간고사에 더 강하다. 그 이유는 아무래도 과목 수에 있지 않나 싶다. 5과목만을 치는 중간고사에 비해 기말고사는 8과목이나 치니 말이다. 3과목밖에 차이가 나지 않는데 점수 차가 나는 이유가 무엇이냐고? 추가되는 3과목이 한문, 기술·가정, 사회 같은 암기 과목이기 때문이다. 그래서 나는 중간고사보다 기말고사에 더 많은 시간을 투자한다. 예를 들어 중간고사를 2주 정도 공부하면 기말고사는 3주에서 4주 정도 공부하는 것으로 말이다. 사람이 없는 곳을 찾다 보니 도서관 안쪽까지 들어오게 되었다. 오늘은 사람이 많이 없기에 평소에 인기가 많은 안쪽 자리에도 빈자리가 있을까 하고 들어오게 되었는데 아니나 다를까. 안쪽에는 오늘도 자리가 많이 없다. 빈자리가 없는 것은 아니지만 옆에 누군가 앉는 것을 싫어하는 나이기에 그냥 바깥쪽에 앉기로 결정했다. 자리를 하나 선택해 오늘 공부할 과목의 교과서와 학습지, 미리 정리해둔 공책을 꺼내 모두 같은 부분을 펼쳤다.

지이잉- 하는 소리와 함께 도서관의 문이 열린다. 한창 집중하던 중 방해받은 것 같은 기분이 들어 저절로 인상이 써졌지만 시험기간이라 너무 예민해져 그런 것이라며 스스로를 달래며 다시 학습지에 시선을 고정했다. 그때, 또각 또각 또각, 도서관이랑은 어울리려야 어울릴 수가 없는 하이힐 소리가 들려왔다. 공부하러 오거나 책을 읽으러 오거나, 아니면 책을 빌리러 오거나. 보통 도서관에 오는 경우는 이 세 가지 예시를 제외하고는 잘 있지 않다. 그런데 하이힐 소리라니. 미치지 않고서야 편하게 와야 할 도서관에 발이 아픈 하이힐을 신고 올 리는 없다. 나는 의문점을 느껴 하이힐 소리가 들려오는 곳을 바라보았다. 하이힐 소리의 원인을 찾은 나는 경악할 수밖에 없었다. 검은색 드레스를 입고 있다. 말이 된다고 생각하는가. 나는 절대로 그렇게 생각하지 않는다. 나는 믿을 수 없는 현실에 다시 눈을 감았다 뜬다. 내가 잘못 봤겠지 생각하며 다시 눈을 떴다. 이럴 수가.

그 여자가 입고 있던 옷이나 신발. 아무것도 바뀌지 않았다. 검은색 드레스에 높은 하이힐이라니. 물론 저 여자의 취향을 존중하지 않는 것은 아니지만 나로서는 절대로 이해할 수 없다. 어쩌겠는가. 본인의 선택일 것 아닌가. 하지만 내 정신에까지 영향을 미치지 않는 것은 아니기에 나는 그냥 나와는 다른 세상 사람일 것이라며 다시 교과서 쪽으로 시선을 돌린다. 그냥 다시 공부나 해야겠다.

❖ ❖ ❖

내 눈을 의심했다. 이럴 리가 없다고. 내 노력이 나를 이렇게 배신하지는 않을 거라고. '불합격'이라는 세 글자가 내 눈앞에서 사라지기를, 이 모든 것이 꿈이기를 바라며 눈을 감았다 뜬 것이 도대체 몇 번째인지 모르겠다. 대체 왜? 왜 내가 불합격이지? 머릿속으로 수만 가지 생각이 스쳐 지나간다. 눈앞에서 나를 구원할 동아줄이 사라진 기분이다. 내 마지막 희망이었는데. 갈수록 갑갑하게 내 목을 죄어오는 이 집에서 나를 나가게 해 줄 유일한 방법이었는데. 눈앞이 깜깜해졌다. 난 앞으로 어떻게 살아가야 하지? 내 입가에는 자조적인 미소가 걸렸다. 내 미래가 깜깜해져 가는 만큼 눈에서는 눈물이 흘러내렸다. 세상이 다 끝난 듯한 기분. 지금 내 기분을 설명할 수 있는 말은 저것밖에는 없을 것이다. 나는 이 모든 것이 꿈이기를 바라며 다시 눈을 감았다.

아빠를 원망했다. 아빠를 원망하는 만큼 엄마와 오빠도 원망했다. 차라리 내가 아무것도 몰랐다면 더 나았을까. 무너져 버리면 다시는 일어날 수 없을까 봐 엄마랑 오빠 앞에서는 마냥 밝은 척했는데 뭐가 잘못되었는지, 어디서부터 잘못된 것인지 아무것도 알 수가 없다.

다음날이 되어서도 변한 것은 아무것도 없었다. 집에서 벗어날 수 있는 유일한 방법인 기숙사 고등학교에 떨어지고 내 세상이 부서져도 세상은 잘 돌아가고 있다. 결국 내가 할 수 있는 것은 아무것도 없었던 것이다. 내 노력이 부족했던 것일 거라고, 더 열심히 한 사람들이 있었을 것이라고 끊임없이 생각하며 나는 가방을 챙긴다. 더 열심히 하기 위해서, 다음번에는 빼앗기지 않기 위해서.

❖ ❖ ❖

다시 도서관으로 가기 전에, 처음이자 마지막으로 지금 이 글을 읽고 있는 당신에게 한 가지 물어보겠다. 당신에게는 꿈이 있는가? 이 질문은 당신의 신상 정보, 소위 말하는 호구조사를 위한 것이 아니다. 나와 함께 꿈을 향해 걸어갈 동료를 찾기 위한 질문이다. 당신은 꿈을 가지고 있는가? 거창하지 않은 것이라도 좋다. 글씨를 더 잘 쓰고 싶다던가, 악기를 하나 다루어 보고 싶다던가, 하루에 한 권 책을 읽고 싶다든가 하는 것들도 있지 않은가. 혹시나 당신들에게 꿈(여기서 내가 말했던 꿈은 앞에서 말했다시피 거창하지 않아도 좋은 이루어보고자 하는 것들이면 충분하다.)이 있다면 언제나 삼수동 도서관으로 오라고 이야기해 주고 싶다. 몇 번 언급한 적 있지만 삼수동 도서관은 엄청나게 좋은 시설을 자랑하는 곳은 아니다. 하지만 그러면 어떤가. 여기 이렇게 함께 하는 친구가 있는데. 삼수동 도서관으로 가는 길을 모르겠다고? 그 문제에 대해서는 너무 걱정하지 말아라. 다시 한번 나를 찾아오면 해결될 일이다. 나는 어디로 가면 만날 수 있냐고? 원래 이런 문제에 대한 답은 스스로 찾아야 재미도 있고 그런 법이지만 이것도 인연인 이번 한 번은 특별히 답을 알려주겠다. 이 문제에 대한 답은 매우 간단하다. 답을 들은 당신들이 너무 쉬워서 허탈해할 수도 있을 만큼 말이다.

다시 이 책을 펴는 것

어떤가. 답이 너무 간단하다고? 어쩔 수 없다. 다시 이 책을 펴서 내 이야기를 읽으며 삼수동으로 오는 길을 알아차리는 수밖에. 당신이 언제 오든지 상관은 없다. 나는 당신들과는 다르게 영원히 나이는 먹지 않을 테니까. 당신이 언제, 어디서, 왜, 무슨 이유로 이런 육하원칙을 모두 제외하고서 당신이 날 찾아온다면 언제든지 웃으며 환영해 주겠다. 이런, 시간이 너무 많이 흘러 버린 것 같다. 그럼 이쯤에서 내 이야기를 마무리하겠다.

다시 찾아올 당신들을 기약하며.

삼수동을 떠나며

　꿈이 가득한 삼수동은 활기찬 에너지를 뿜어냈다. 삼수동의 평범한 도서관, 인생이 담긴 아파트들, 미래를 그리는 학교, 그리고 과거를 보여 주는 책방 골목까지 어느 곳에나 있을 법한 평범한 동네는 도서관 안의 평범한 사람들이 겪은 특별한 이야기로 책을 꾸몄다. 네 명의 평범한 학생인 우리는 도서관에 오는 사람들이라는 공통점 하나로 묶인 개개인의 상황과 특별함을 살려보려고 노력했다. 이 이야기들은 어쩌면 우리들의 이야기일지도 모르겠다. 특이한 패션을 즐기는 삼수동 출신의 작가, 사회복지사 준비를 하는 열정적인 삶을 사는 아주머니, 한글을 배우기 시작한 할머니, 그리고 완벽해 보이지만 자신만의 고민을 가지고 살아가는 여중생까지. 할머니 이야기에서는 예순셋 할머니의 말투며 행동까지 신경을 쓰며 글을 써야 했고, 중학생 이야기에선 우리가 학교를 다니며 느꼈던 감정들을 되돌아보고 학교에서 한 활동들을 기억해 내려 애써야 했으며, 삼수동 출신 작가의 이야기를 구성할 때에는 나의 미래를 보았다. 그리고 누군가의 어머니이면서 사회복지사 준비를 하는 아주머니의 이야기를 쓸 때에는 어머니들을 이해했다. 장편소설을 써 본 경험이 전무한 우리에게는 굉장히 힘들고, 어려운 도전이었다. 책을 구성하는 동안에도, 글을 쓰는 동안에는 쉬운 것 하나 없었다. 해 보지 않고서 쉽고, 어렵다고 말할 수 있는 것은 없다고 다시 한번 느꼈다.

이 소설을 쓰는 동안 '이런 일들을 실제로 겪고 있는 사람들이 있지 않을까?' 하는 생각이 들었다. 소설처럼 특별한 삶을 살아가는 사람들에게는 조금이나마 위로가 되었으면 좋겠고, 그런 일들을 겪어 보지 않은 사람들에게는 당신의 삶은 어떤가? 질문을 던지며 자신의 삶을 되돌아보았으면 했다. 또 모든 사람에게 삶의 끝이 있지만 그 끝을 위해서만 살지 않았으면 하였다. 이야기에 나오는 사람들은 꿈을 가졌다. 수많은 시간을 노력하여 그 꿈을 이루고 행복하게 끝을 맞이하였다. 모든 사람들이 자신의 꿈을 이루고 행복하게 끝을 맞이하길 바란다. 그 꿈이 작든 크든 아무런 상관없다. 그 꿈을 향해 한 발짝 다가가길 바란다.